野いちご文庫

最強総長はいつわりの悪女を溺愛する

柊乃なや

STARTS
スターツ出版株式会社

「お前みたいな悪女にはこの汚れたドレスがお似合いだよ」

光と闇を同時にまとう瞳が、夜と共にわたしを狂わせる。

「……それでも今日は、月が綺麗だ」

この男、

——敵か、味方か。


「お前、夜になるとずいぶん可愛いな」


これは愛か、罠か。

悲劇か、喜劇か。

知ることも許されず、今夜も彼の腕の中。

目次

夢か、現か

【至急、本部に菓子】

放課後、校門をくぐるやいなや、スマホに届いたメッセージにがっくりと肩を落とした。

送信者はわたしの双子の兄・安哉《あんや》くん。

そして、本部とは、安哉くんがヘッドを務める組織『桜通《さくらどおり》連合』の第一拠点となっているビルのこと。

つまり、至急、本部に菓子とは、幹部メンバーに差し入れするお菓子を買って今すぐ本部まで持ってこいという命令である。

今日も今日とて、安哉くんはわたしを恨《うら》みすぎている。

「もーやだっ……下僕辞めたい」

日々溜め込んできた嘆《なげ》きの塊《かたまり》が決壊しそうになるけれど、ぐっと堪えてＯＫスタンプをタップした。

もとはと言えば安哉くんの恨みを買うようなマネをしたわたしが悪いので……仕方ない。

先祖代々〝裏社会系《あっち》〟のお仕事をしている家に生まれて、早十七年。

高校こそは平和な学園生活を送りたいと願い、安哉くんにナイショで別の高校を受験したところ、想定外の大目玉を食らった。

というのも、その高校は、古くからウチの家系と対立している組織の支配区域に建っていたからだ。

──わたしの祖先である〝桜家〟と、対立する〝橘家《たちばな》〟。

大昔、両家は血を血で洗う抗争を繰り返していたんだとか。

よって、現在もその因縁が続いているらしい。

昔の関係を延々と引きずるなんてナンセンス極まりない。

時代は令和なんだし、もっとこう、柔軟にいこうよ！

……と思うのだけど、組織の偉い人たちほど伝統だの形式だのに異常な執着を見せるので、わたしみたいな子供は口を閉ざすしかないのが現状。

ため息をひとつ落として、幹部様方のお気に入りスイーツが並ぶお店へと回れ右をする。

その矢先、再びスマホに通知が入った。

今度は通話の着信。

相手は、またしても安哉くん。

「もしもし、今度はいったいなに――」

『そっちの学校でバレてないだろうな、お前がおれの妹だって』

スマホから聞こえてきたお決まりのセリフはもう聞き飽きたもいいところ。

「安哉くんて、毎日ソレをわたしに尋ねないと気が済まないの……？」

『ああそうだな。誰かひとりにでもバレたらおれの首が飛ぶしお前は即退学だ』

「……大丈夫だよ。入学してもう一年以上経つけど、怪しまれたことすらないもん」

『平和ボケしてる奴の言うことは信用に欠ける』

言い返すだけ時間と労力の無駄なので、はいはいとテキトウに相づちを打っておく。

毎度毎度、わたしに意地悪を言うためにかけているとしか思えないよ……。

げんなりして通話を切ろうとすれば、

「いいか、あゆあ。観月《みづき》って奴にだけは絶対近づくな」

急激にトーンを落とした声でそう言われるので、つい、ぴたりと動作を止めてしまった。

いつもはわたしのこと『あゆ』って略すくせに、まれにこうやって正式名で呼んでくるの、なんなんだろう。

――〝観月〟。

とは、安哉くんが仕切る桜通連合と敵対する、橘通《たちばなどおり》連合のヘッドを務めている男の子である。

本名は、橘観月。

〝桜安哉と橘観月〟。

裏社会の世継ぎ同士、昔からなにかと並んで称されることが多かったから、わたしも名前だけは知っている。

悪党一家・橘家の直系の血を引いている彼は、歴代でもトップの才を持っているらしい。

しかしながら……。

「近づきようがないよ、学校でその人を見たことすらないから」

橘観月という名はそこら中で日常的に飛び交っていて、みんなに崇《あが》められる神のような存在になっているものの、実際に彼を見た、という人に出会ったことがなく。

うちの学校に在籍……いや、もとより実在しているかも怪しい。

『ともかく。気をつけろよ、おれに双子の妹がいるらしいって情報は昔から有名だ』

「もう、しつこいよーー。本当に大丈夫だって。わたしと安哉くん、顔似てないし、そもそも苗字だって違うじゃん」

そこまで言ってから強引に通話を切った。

二卵性双生児のわたしたちは、顔どころか性格や好みもかなり違う。

もはや存在自体が派手な安哉くんと、その辺の雑草よりも地味に生きているわたしが兄妹だと疑う人なんているわけがない。

極めつけ、苗字が違う。

『桜安哉』と『今井あゆあ』。

生まれてすぐ両親が離婚し、安哉くんはお父さんに、わたしはお母さんに引き取られた。

けれどその一年後、お母さんに新しい恋人ができて。

邪魔者になったわたしは、手続きが面倒だからと戸籍はそのまま、お父さんのもとに送り返され……現在に至る。

つまり形式的に言えば、お父さんと安哉くんの住む家にわたしが居候している状態。

正真正銘血の繋がった家族だというのに、なんともおかしなハナシである。

このような理由から、わたしが安哉くんの妹だとバレる心配はナイに等しいのに一応家のことを考えて、学校では極力人と関わらないようにしている。

加えて、安哉くんの召使いまでこなしているわたしって……。

ああ、なんていい子なんだろう……ヨシヨシ。

滑稽にも自分で自分を慰めながら繁華街の角を曲がったときだった。

「やめて！　離して……っ！」

そんな叫びと同時に目に飛び込んできたのは、大柄でイカツイ見た目の男性に腕を掴まれている女の子。

繁華街で白昼堂々しつこくナンパを仕掛けるなんてきっとろくな人間じゃない。

「あの～、その子嫌がってますよ」

声をかければ、相手の視線がギロッとこちらにスライドする。

「あのさあ、オレ今この可愛い子と喋ってんの。お前みたいな地味な女に構ってる暇はないの、ごめんねえ？」

しまった。

話し合いが成立しないタイプの人だった。

うう、どうしたものか……。

「えっと……じゃあ、その子から手を離さないなら通報しますっ」

とりあえずスクバからスマホを取り出して見せつけてみた。

大抵の場合、これで退散してくれると思うのだけど……。

今回は少し、計算違いだったみたい。

「はあ……？　ガキが正義の味方気取ってんじゃねえよ！」

ヤバヤバである。

相手を怯《ひる》ませるどころか、憤慨《ふんがい》させてしまった。

わたしに向かって拳が勢いよく振り下ろされてきたので、さすがに避けさせてもらう。

案の定、わたしに命中しなかったことで相手の怒りメーターはさらに急上昇。

わかりやすくも、首から上が順々に赤くなっていっている。

そして、怒りに震えた拳が、またも懲りずにわたしに突撃してきた。

——ああ、こういうとき。

少女漫画や恋愛ドラマなら、きっと、かっこいい男の子が間一髪のところで助けに来てくれるんだ。

怖かったな、もう大丈夫だとか言って、背中を優しく撫でてくれるんだ。

お前のことは、俺がずっと守るからって……。

もし、舞台がこの現実と同じ設定だったら、そうだな……。

たとえば、ちょうど安哉くんとの話題にあがっていた橘観月くんが現れる……とか、どうだろう。

敵対関係って現実だとかなり厳しいけど、それこそ血を血で洗う抗争がふたたび勃発《ぼっぱつ》するほど厳しいけど。

フィクションなら……全然萌《も》えるし。

……なんて想像する自分に笑ってしまう。

現実は現実、フィクションはフィクション。

雑草より地味なわたしの人生に、フィクションのように派手なイベントは起こらない。

安哉くんと別の高校を受験したのは、平和な学園生活を望んだから……というのは本当だけど。

実は、もうひとつ理由がある。

普通の女の子みたいに、普通に可愛くありたかったから。

普通の可愛い恋をしてみたかったから。

でも、そんなの、夢のまた夢。

せめて高校では、普通の子みたいに〝おとなしく〟いたかったな……。

振り下ろされる拳を避けて、また避けて。
最終的に暴れ馬のごとく突進してきた相手に、もうらちがあかないと思って。
仕方なく、わたしは地面を蹴った。
浮いた体を、腰をひねりながら回転させる。
つま先が相手の顔面に直撃するように、狙いを定めて――。
「うが……っ」
たしかな手応えアリ。
……いや、蹴りだったから足応えかも。
倒れた相手の表情に、ようやく怯《おび》えの色が宿る。
わたしが一歩近づけば、地面をはいずるようにして逃げていってしまった。
やっつけたのに、清々しい気持ちなんて全然やってこない。
後味は、やってしまった……という嫌悪だけ。
ああ、もうやだ、本当に可愛くない……。
じわりと目の奥が熱くなる。
人目を集めてしまったし、そそくさと退散しよう……っ。

「あのっ、待ってください！」

踵《きびす》を返そうとしたとき、誰かに手を掴まれた。

見ると、絡まれていた女の子だ。

「助けてくださってありがとうございましたっ、本当に助かりました！」

「いえ、わたしはなにも……」

「まじでめっちゃかっこよかったです‼　その制服あたしと同じ高校ですよね、何年生なんですかっ⁉」

「え？　えーと……二年、です」

「先輩だったんだ！　あたし一年のルリって言います！」

彼女——ルリちゃんにぐいぐい迫られるまま後退し、わたしの背中はついに商業ビルの壁に激突した。

「先輩の名前はなんて言うんですかっ？」

「名前……ええと……今井です、今井あゆあ」

「今井……あゆ？　ゆあ？　先輩？」

「あゆあ、だよ。紛らわしい名前だよね……あはは」

生まれたとき、安哉くんの名前だけが先に決まっていた状態で。せっかく双子だから似た響きにしたいというお母さんのわがままで、あんや、と、あゆあ、になったらしい。

物心ついたときから、わたしの名前、なんか「あ」いっこ多くない……？と思っていたけれど、やっぱり不便だった。

お母さんの変なこだわりのおかげで、名乗るときは必ず聞き返される。

いや、そんなことは今どうでもいいのだ。

わたし、今、もしや人生で初めて女の子に壁ドン&ナンパされている……？

「じゃあ、あゆ先輩って呼ぶね！　お礼したいからついてきてっ、お願い！」

壁にドンされていたかと思えば、今度は腕を引かれる。

「お、お礼なんて大丈夫だよ、わたしはただの通りすがりなので……っ」

「あたしの気が済まないからだめ！　おいしいケーキご馳走《ちそう》するね！　あ、今日はお兄ちゃんもいるから、あゆ先輩に紹介するね！」

ケーキ……？

お兄ちゃん……？

もしかして、ルリちゃんのお家にご招待されようとしている？

人との関わりを絶ってきたせいで、慣れない展開にたじたじ。

ＪＫってこれが普通なのかな。いやいや、助けただけで自宅に招待なんて……そんなことある？

はたまた、ルリちゃんてお嬢様だったりするのかな。

せっかくの厚意《こうい》を無下《むげ》にするのも悪い気がして、とりあえずついていくも。

ここは橘家の支配下にある橘通りの中心部だと気づいた矢先に、ふと、ある可能性にぶち当たり足を止めた。

「ルリちゃんのお兄さん、ってさ……」

「うん？　お兄ちゃんがどうしたの？」

「〝観月くん〟って名前だったりしないよね……？」

バクン、バクン。近年まれに見る激しい脈動が体を支配する。

心臓が耳元にあるみたい……。

「んー、お兄ちゃんは違うよ。楓《かえで》って名前！」

あっさりそう言われ、ホッと安堵《あんど》する。

「そうだよねっ、ごめんね変なこと聞いて」

そうだそうだ。あるわけない。

さっきの少女漫画的妄想につい引っ張られちゃった。……恥ずかしい。

ほらね、やっぱり。

わたしの人生に派手なイベントなんか決して起こらないのだ。


街が魅惑的な光をまとい始める、午後六時。

ネオンに彩られたアーケードを抜けてしばらく歩くと、見慣れない景色が現れた。

先程までのきらびやかな繁華街とは裏腹に、そこは仄暗《ほのぐら》い雰囲気に包まれていた。

ずらりと立ち並ぶビルの壁や看板はどれも色褪せていて、ほんの数ヶ所の部屋の窓から薄明かりが漏れているだけ。

まだ冬には遠い季節なのに、風が、ひんやりと冷たい気がする。

「ゴーストタウンみたいだよね、旧橋通りって」

独特の雰囲気に圧倒されていると、ルリちゃんからそんな声がかかった。

——旧橋通り。

そういえば噂に聞いたことがある。

十数年前……ちょうどわたしが生まれた年のあたりで橘家の総裁が代替わりし、それを機に組織の執行機関を置くビルが場所を新たに建て替えられることになったらしく。

そのため、建て替え前の執行機関があった周辺区域を旧橘通りと呼ぶようになった、と。

「旧橘通りってこんなところだったんだね」

「あゆ先輩、もしかして初めて来た感じ？」

「え！　あ～うん、その、お買い物とかは新しいほうの繁華街で事足りるから」

部外者であることを悟られないようにという意識が過剰に働いて、つい言い訳くさい返事になってしまう。

どうしよう。

橘家を崇拝する人は、ここに来たことあって当然みたいな常識があったら。

「そうだよね、最近の若い子はこっち側に滅多に来ないもん」

その返事に、ひとまずは胸を撫でおろしつつ。

そう言うルリちゃんだって、最近の若い子なのでは……？

と思った直後だった。

「お待たせ、着いたよ！　中入ろっ」

たった今眺めていた景色の中の、なんの変哲もないビルをルリちゃんが指さすものだから、いったん頭がフリーズする。

……着いた？

ここは旧橋通りという名前の区域で、現在はゴーストタウンと呼ばれてもおかしくないほど閑散《かんさん》としていて。

その一角、彼女が示すのは、やはりただのビルだ。

なにか特徴を挙げるとすれば他よりも高さがあるだけで、マンションやアパートといった住居が入っている建物にはとても見えない。

「ここがルリちゃんのお家、なの？」

「ん～、そうだね。第二の家って感じかな！」

「第二の家……」

「外観は地味だけど、中は超～お金かけて改築してあるから立派だよ！」

ほらほら！と楽しげに促され、返事をする間もなくエントランスに足を踏み入れた——直後。

視界に飛び込んできた光景に思わず絶句する。

ワインレッドのカーペットが敷かれた先には左右に跨《また》がる大理石の階段があり、踊り場にはアンティーク調の鏡や絵画が飾られ、天井にはシャンデリアが吊るされ。

そこはルリちゃんの言うとおり、外観からは想像もつかない異国の宮殿を思わせるきらびやかな空間だった。

おとぎ話の世界に迷い込んだんじゃないかと。

ひょっとするとこれは夢の中なんじゃないかと。

ゆっくりと瞬きをして、視点を手前へと戻した。

そのとき、さっきまでなかったはずの人影が急に現れ、びく！と肩があがった。

「——お前、誰」

彼は、熱のこもらない目でわたしを一瞥《いちべつ》した。

すぐに逸らさたけれど、それまでの間、わたしは息ができなかった。

時間が止まったみたいだった。

体が石にされたみたいだった。
そうだ、ギリシャ神話で、こういう怪物いなかったっけ。
見た人を石に変える力を持つ怪物。
ええと、たしか名前は……──。
〝メデューサ〟。
その名前が頭に浮かんだと同時、ハッと現実に返る。
いけない、ちゃんと挨拶しないと……！
『今日はお兄ちゃんもいるから、あゆ先輩に紹介するね！』
ルリちゃんはたしかそう言っていた。
ということは、この人はきっとルリちゃんのお兄さんだ。
「あのっ、わたし、」
「──えっ、観月さん⁉　今日来てたんですかっ⁉」
彼に向けた言葉は、ルリちゃんの声にかき消された。
〝ミヅキさん〟……？
またもや時間が止まったかのような錯覚に陥る。

だけど、心臓だけは激しく脈を打ち続ける。
これは現実だと、嫌でも教えてくる。
わたしの人生に、派手なイベントなんて起こるわけがない。
んじゃ、なかったのですか——神様。

信か、疑か

気がつけば、わたしは極上にやわらかい高級ソファに座らされていた。

目の前のローテーブルにはフリルつきのクロスが敷かれ、その上にはケーキののったお皿とティーカップがあった。

すごく可愛いしおいしそうだし、普段のわたしなら間違いなく夢中になるはずなのだけど。

『お前、誰』

先程のエントランスでの光景が、逃げても逃げても追いかけてきて。熱のこもらない彼の瞳が、脳裏《のうり》に焼きついて離れなくて。

「あゆ先輩、遠慮しないで食べて！」

「……ああ、うん、ありがとう、いただきます」

無礼にも、ぼうっと上の空でケーキにフォークを伸ばしてしまう。

あのあと、『ミヅキさん』と呼ばれた彼は、ルリちゃんとひとことふたこと会話を交わすと、すぐにどこかへ出かけていった。

ここは若い子がほとんど立ち入らない旧橋通り内にあるビルで、さっきの彼の名前は『ミヅキ』で……。

最悪のパターンの必要十分条件が揃ってしまっている気がする。

……いやいや。

ミヅキって名前の男の子なんて、全国にウン万人いるだろうし。

もしくは、わたしが名前を聞き間違えたのかもしれないし。

そうだよ。

だってルリちゃん、至って穏やかな表情でわたしの向かいに座ってるもん。

さっきの人が橘家のご令息であり不良組織・橘通連合のヘッドである橘観月なら、こうやってのほほんとお茶会を開く前になにか説明があるはず。

だから大丈夫。安心してケーキを食べよう——と、自分に言い聞かせた矢先。

「わ~珍しいね、ルリがお客さん連れてくるなんて」

部屋の扉が開き、男の人が現れた。

さらにもうひとり、彼の後ろから顔を覗かせたので、いちだんと体が硬直する。

「お兄ちゃん！　遥世《はるせ》くん！　おかえりなさーい！」

――オニイチャン、ハルセクン。

どうやら新キャラご登場のようだ。

まるで乙女ゲームみたい。

さっきから新たな出会いのイベントが発生しすぎている。

現に今、この部屋にいるわたし以外のメンツはみんな揃って華やかだ。

〝ラグジュアリー〟と、英語で表現したほうがよりしっくりくるくらい。

「今井あゆあちゃんだよね？　ラインで事情を聞いたよ。ルリを助けてくれて本当にありがとう～」

まずは、ルリちゃんのお兄さんとおぼしき人に声をかけられた。

たしか名前は……楓くん。

淡いブルーに染まった、ふわふわな髪。

耳元で控えめに光るジュエリーピアス。

にこーっと、とろけそうに甘い笑顔を向けられれば、ときめきよりも先に畏《おそ》れがきた。

完璧すぎて怖い。

凶器にもなり得る美しさだ。

お顔がつよすぎるだけじゃない。

この世の女の子……いや、すべての老若男女を恋に落としそうな魅惑の色気。

とても常人に出せるオーラとは思えない！

この人、絶対スパイ向いてるなあ。

ハニートラップで無双できそうだもん。

……なんて、余計な心の内が漏れてしまわないように、急いで笑顔を作って会釈した。

「どうも、お邪魔してます。ええと、ルリちゃんのお兄様ですよね……？」

「そうそう、よろしくね。気軽に楓って呼んでもらえるとうれしいな～」

「は、はい。じゃあ……楓さんとお呼びしますね」

「え～堅苦しいなあ。タメ語で大丈夫だよ？」

「うう、でも……」

言い淀《よど》んでいると、突然、隣にいたもうひとりの男の子が口を開いた。

「へーきだよ。こう見えて楓くん、僕たちと同い年だし」

『ハルセ』と呼ばれていた彼だ。

至近距離で見上げると、やはり彼も美しかった。

『僕』という一人称にいい意味で不似合いな派手めのヘアセットも、いかついアクセサリーたちも、上品な顔立ちによく映えている。

改めて実感する。

『ミヅキ』と呼ばれていたあの人も含め、彼らは至高の高級品だ。

庶民は手を触れることすら許されないほどの。

——それはさておき。

「えっと……僕〝たち〟？」

「うん。今井サンと楓くんと僕、みんな高二。……あ、ついでに観月も一緒」

で……でた、ミヅキ！

これでもう、わたしの聞き間違えの線は消失してしまった……っ。

あのメデューサみたいな男の子の名前はミヅキで間違いない！

ミヅキ、ノットイコール橘観月でありますように……。

どうか、お願いします、お願いします……。

とんでもない焦りと同時に、とある違和感がぽつんと生まれる。

……ていうか。このハルセって人……。

『今井サンと楓くんと僕、みんな高二』

そう言ったけど。

わたし、高校二年生ですって自己紹介したっけ？

疑問符がぐるぐるぐるぐる脳天をめぐり、いよいよ頭のキャパが限界を迎えた。

「あの、ここはいったい、どういう方々の集まりなんですか……っ？」

思い切って最初のもやもやをぶつけてみる。

てん、てん、てん、としっかり三拍分の沈黙が訪れ、彼らの視線はゆっくりとわたしからルリちゃんへと移動した。

「ルリ。もしかして、なんの説明もナシにこの子を連れてきたの？」

そう尋ねたのは、ルリちゃんのお兄さんである楓くん。

対するルリちゃんは、うぐっ、といった感じで身を縮こめた。

「だって……。橘通連合の名前出したら、あゆ先輩怖がって来てくれないかもって思ったんだもん……」

ドカン！と必殺の一撃を食らう。

「……たちばな、どおり、れんごう……」

こういったピンチのときに、いかに冷静でいられるかが大事だって、昔から安哉くんが言ってた。

目を大きく見開いてはいけないし、声を上ずらせてはいけないし、手を口元にもっていってはだめだし。

ソファからはみ出るくらいに大きく体を仰け反らせるなんて、とんでもないことで。

だから……たった今、それらすべての行動をコンプリートしてしまったわたしは本当に愚《おろ》か者なのです。

「ほらあ！　やっぱりびっくりさせちゃったじゃん‼」

ルリちゃんが楓くんを睨む。

大丈夫。まだ立て直せる。

「と、取り乱してごめんなさい。まさかみなさんがあの有名な橘通連合のメンバーだなんて想像もしてなかったので……！」

一刻も早くこの部屋から出て行きたい気持ちをおさえて、ティーカップを手にとった。

指先が震えるせいで紅茶の表面がとても不安定に揺れている。

緊張からくる喉の渇《かわ》きを紅茶で癒《いや》しつつ、同時に頭をフル回転。

ゆっくりゆっくり飲むことで、考える時間を稼ぐ作戦である。

「この紅茶、香りがとても良くておいしい～……」

これ以上ボロをださないように、全く関係のない話題への転換を試みると、ルリちゃんの表情がぱあっと輝いた。

「おいしいよね！　実はこれね、遥世くんがイギリスから取り寄せてくれたダージリンなんだーっ」

「ええ～、イギリスからわざわざ？　す、すごいねえ」

口では感心しながらも、正直、味や匂いを感じている余裕はなかった。

すると突然。

「口に合ってよかった。僕も隣、失礼していい？」

そんな声がかかり、こちらがうなずく間もなくソファが沈む。

「今井とずっと喋ってみたかったから、ここで会えて嬉しい」

い、今井⁉

いきなりフレンドリーにそう呼ばれて、もはや心の休まる暇がない。

しかも今、よくわからないことを言われたような。

「えっと……ずっと喋ってみたかった……？って？」

「ほら、僕たち同じクラスだろ。それで今井のことずっと気になってたから」

……はて？

またもや沈黙をおびき寄せてしまった。

この人の名前、ハルセだよね。

クラスメイトにそんな名前の人、いなかったと思うけど……。

人の名前を覚えるのは苦手だけど、こんなに髪やピアスがばちばちな男の子が同じクラスにいたら、さすがに記憶に残っているはず。

「申し訳ないんだけど、人違いじゃない、かなあ？」

「いやいや、それはさすがにない。二年四組の今井あゆあサンでしょ」

「っ、そうだけど……っ、ええっ⁉」

「僕、同じクラスの佐藤遥世」

ほら、と手渡されたのは、うちの高校の生徒証だ。

記されている文字をなぞる。

佐藤遥世。

さとう、はるせ。

ハルセって、苗字じゃなくて下の名前だったんだ。

ようやく腑に落ちた。

――たしかに、いた。

同じクラスに佐藤くんて名前の男の子。

でも、わたしの知ってる佐藤くんは……。

「佐藤くんて、メガネかけてなかったっけ……？　あと、前髪とかすっごい長くて、落ち着いてて、ミステリアスな雰囲気の……」

そこまで言ったとき、突然、部屋中に笑い声がはじけた。

楓くんとルリちゃん兄妹である。

楓くんはいつの間にかルリちゃんの隣に座っていた。

「やばあ！　遥世くん学校じゃそんなキャラで売ってたの⁉」

「うるさいな。ヘンに目立つと困るんだよ」

「えーっ、もったいないよ！　この感じだったら絶対モテるのに～。あゆ先輩もそう思うでしょ？」

同意を求められ、うなずく。

改めて見ても綺麗な顔だと思う。素顔を出せばモテるのは間違いない。

ただ……やっぱり、わたしは今それどころじゃない。

橘通連合の本部に来てしまった挙句、まさか、メンバーのひとりがクラスメイトだったなんて。

しかも、この建物に出入りしているということはおそらく幹部クラスだ。

わたしの正体が一番バレてはいけない人たち……――。

「あのっ……、ちょっと、お手洗いを借りてもいいかな？」

血の気が引いてしまう前に、気を落ち着ける場所へいったん逃れることにする。

「そこの扉出て右の突き当りだよ～。あたしも一緒に行こっか？」

「ううんっ、大丈夫。ありがとう」

挙動不審にならないように、最後まで細心の注意を払った。

後ろ手で扉を閉めれば、長いため息がはあーっと零れる。

扉を閉めたことで彼らの視線から完全に逃れたと、油断していた。

「――お前、さっきルリが連れてきた女か」

ふと、目の前に影が落ちて――ドクリ、心臓が嫌な音を立てる。

…………え。

…………は。

視界に、相手の足元が映った。

わたしが履いているローファーと、二ケタほど額が違いそうな艶《つや》のある立派な革靴。

『お前、さっきルリが連れてきた女か』

同じだ。ここに入る前、エントランスで鉢合わせた彼の声と。

この人は、ミヅキ——橘観月だ。

実在して、いる。

出かけたんじゃなかったの？

帰ってきたの？

早くない？

ていうか、見られた。

盛大にため息をついていたところ。

ケーキと紅茶でもてなしてもらっておきながら裏でこんな態度をとっているなんて、無礼極まりない……。

「お、お邪魔してます。今は……その、わたし、お手洗いをお借りしようとしていたところで」

怪しいことをしようとしていたわけではありません、と、ポケットからハンカチを出してアピールしてみる。

おそるおそる顔をあげてみたけれど、彼の目を見ることはできなかった。

だって、見てしまえばきっとまた石にされてしまう。この人はメデューサだから。

すると、視界のぎりぎりに収まった彼の唇が、ふと、薄い笑みをたたえた。

「……はは、顔面蒼白」

自身の激しい鼓動に紛れて聞こえたのは、そんな声。

口元は笑っているのに、響きはひんやりと冷たく。

その冷たさがぐさりと体を貫いて、まだ目を見てもいないのに身動きがとれなくなった。

磔《はりつけ》に、されているみたい。

「……し、つれいします」

どうにかこうにか支配から抜け出して、早足でお手洗いへと向かう。

その間、気づけば息を止めていた。

すう、はあ、すう、はあ、息を整えて、個室の壁にこつんと頭を預ける。

さすがなもので、お手洗いも男女別に個室があり、ドレッサー付きの広々としたパウダールームまで完備されている。

台に飾られているのは、橘の造花。

うう……。ここに来てもなお現実を知らしめてくるとは……。

あーあ、やってしまったなあ。

改めてうなだれる。

悔いても時間は戻らない。

今日、繁華街に近づかなきゃよかった……。

一瞬、そう思ったけれど。

わたしがあのときあの場所にいなかったら、ルリちゃんはナンパ男にひどい目に遭わされていたかもしれない。

助けられてよかった。

それをよしとして、部屋に戻ったあとのことを考えよう。

まずは、いち早くここを立ち去ることだ。

みな様方の記憶になるべく残らないように当たり障りのない振る舞いと会話を心がけよう。

三日後には、今井あゆあではなくモブZくらいの認識でしかなくなるように。

同じクラスの遥世くんの存在は……かなり厄介《やっかい》だけど、彼への対応は改めて考えるとして。

――この世で一番存在感のないモブを演じられますように。

＊　＊　＊

「それでねっ、次の瞬間あゆ先輩の足がその男の顔面を直撃したの!!　やばいくらいキレイにキマって、男は半泣きで逃げてったの!!」

胃を痛くしながら戻ると、みなさん、なにやらたいそう盛り上がっておいでだった。

……半泣きで逃げていきたいのはわたしのほうだ。

ルリちゃんに口止めをお願いしとくんだった……っ。

「あゆちゃんすごいね～、その可愛くて細い体のどこに、そんな力が隠れてるんだろう?」

楓くんが甘～い笑顔でそう言った。

ていうか、知らぬ間に『あゆちゃん』呼びになってるし。

モブZ作戦……始まる前から大失敗の予感。

しかも、部屋には先ほどのメンツに加えて橘観月くんもいた。

みんなから少し離れたテーブルで、ひとり紅茶をすすりながらなにやら資料のようなものを読んでいる。

「あのときはっ、よ……避けようとしたらたまたま足が相手に当たっただけで、ですね」

「んーん！　あれは絶対熟練者の技だったよ！　回し蹴りってやつかな⁉」

「え……うう……、そんな技やってないよ、見間違いだよお」

「絶対嘘！　あゆ先輩、なんか武道系習ってるでしょ！」

ルリちゃん……お願いだからその口を閉じて……。

儚《はかな》い願いは届くわけもなく。

それでもわたしは、苦しくても最後までシラを切り通すしかないのだ。

「ほ、ほんとに、気づいたら足が当たってた感じなの……！」

嘘である。

裏社会では日常茶飯事である不測の事態に備えて、幼い頃から中国武術を習わされていた。

もちろん護身のためで、実際に誰かを傷つけるために使ったことはないけれど。

『実戦経験がないとすぐ死ぬぞ』と脅《おど》され、夜中まで安哉くんの相手をさせられたことも数知れず。

ちなみにナンパ男に食らわせてしまった技は、正確には「後ろ回し蹴り」という。

「あははっ、足が勝手に相手に直撃……そりゃあいいや」

遥世くんにも笑われ、顔がじわっと熱くなる。

「そういえば、今井はたしか体育の成績もよかったよな」

「っ、そんなことないよ。ていうかもう、わたしのハナシはいいので……っ」

ソファに座って、ふたたび紅茶を口に含む。

なんとか話題を逸らさなくちゃ……。

と、思考を巡らせたとき。

「あっ、そうだ。観月さん帰ってきたから、あゆ先輩に紹介するね！」

ルリちゃんがそう言うので、危うくお茶を吹きそうになる。

もう本当に勘弁してほしい。

「うっ……ごほ、実はさっきそこの廊下でお会いしてご挨拶したので、大丈夫かなあと」

「ええっ、観月さんそうだったんですか？」

ルリちゃんの声に、観月くんはこちらをチラリとも見ずに「ああ」と返事をした。

「そっか～。まぁ、てことで改めてあの人がうちのトップの橘観月さんです！」

「は、はい……」

「観月さんはね～、会社経営してるから忙しくって学校に全然行けてないの！　って言えば聞こえがいいんだけど、本当はお仕事にかまけて学校サボってるだけなんだよ～、これナイショねっ」

「はえ～、そうなんだあ」

なるほど。だから誰も橘観月の顔を見たことがないって言われてたんだ。納得。

「まあ、お仕事が忙しいってのもホントなんだけどね。……てゆか、あゆ先輩、あんまり驚かないんだね？」

「え？」

「いや、高校生で会社経営してるって聞いたら普通はもっとリアクションくるかなって」

「……っ！」

しまった。

そっか、高校生で会社経営してるって、珍しいことなんだ……っ。

安哉くんもお父さんの傘下《さんか》の会社を引き継いで色々やってるから、つい……。

「うう、それが……驚いてまともに声も出なかった、の、わたしには異次元の世界すぎて」

「えーっそんなことある？　へへ、やっぱあゆ先輩っておもしろ〜い、大好き！」

女の子から初めての『大好き』をもらって、不覚にもキュンときてしまった。

その直後。

ヴーッ、ヴーッとスマホが鳴り、慌てて制服の上から押さえる。

同時に、ハッと思い出した。

【至急、本部に菓子】

安哉くんにたのまれたおつかい、すっかり忘れてた！

これは催促《さいそく》の電話に違いない。

遅いってブチ切れてるんだ、どうしよう！

「今井、出なくていいの？」

と、遥世くん。

うん、と頷く。

スマホの通知画面の『安哉』という文字を見られたらイッカンのオワリ。

「あゆちゃん、もしかして彼氏？」

と、楓くん。

「ち、違うよっ、彼氏いたことないもん」

つい正直に答えてしまって、後悔した。

彼氏ってことにしとけばよかった。

今すぐ帰る言い訳にできるし……。

「彼氏いないの？　それならよかった〜。ねーあゆちゃん、初めての彼氏にオレはどうかな？」

「へ？」

思いがけない言葉に固った。

楓くんは相変わらずとろけそうな笑顔でわたしを見ている。

思わずうっとりしそうになるけれど、だめだめ。

これは絶対、恋愛において百戦錬磨《ひゃくせんれんま》の人の顔。わたしをからかってるんだ。

「えーっお兄ちゃん珍しい！　自分から迫ること滅多にないのに！」

「オレもそろそろ身を固めないとな～とは思いつつ、なかなかピンとくる子がいなくてさあ。でも、ルリが気に入った子なら間違いないかなって」

そう言いながら、楓くんはさらに甘い笑顔を向けてくる。

「おいおい、そんな理由で恋人を選ぶなよ」

と、遥世くんから突っ込みが入った。

うんうん。本当、そのとおり……！

「それだけじゃないよ？　なんていうか、あゆちゃん見てると表情ころころ変わっておもしろいし、もっと知りたいなって。可愛いなあ～って」

「っ、お、おだててもなにも出ないですよ」

「あはは、本気だって。あゆちゃんは可愛いよ。……ね、どう？　前向きに考えてみない？」

すると突然、楓くんの言葉を遮るようにして遥世くんが立ち上がり。

「だめ、今井は僕が先に──」

遥世くんがなにかを言いかけたのと同時。

わたしのスマホが再び鳴り響いた。

そうだった、こんなことをしてる場合じゃない。

「ごめん、急用思い出しちゃって、わたしもう帰らなくちゃで……っ。ケーキごちそうさまでした、すごくおいしかったです！」

紅茶の残りを飲み干して席を立つ。

「やだあ、あゆ先輩もうちょっとだけここにいて！」

「ルリ、わがまま言わない。ね？」

後ろ髪を引かれる思いだけど、楓くんがたしなめてくれたおかげで助かった。

「うう……わかったよお。じゃあ、エントランスまでお見送りするね」

ルリちゃんが立ち上がり、続いて遥世くんも「僕も」と腰を浮かせた。

そのとき。

「待て」

と、気だるい声がふたりを制した。

「その女は俺がエントランスまで送る」

そう言ったのは——橘観月くんである。

……え？

さっきまでひとりで資料読んでたのに？

ルリちゃんが話しかけたとき、わたしのこと見ようともしなかったのに？

他の幹部様方はさておき、観月くんにとってのモブZにはなれた、と思ったのに。

どう……して。

ルリちゃんも楓くんも遥世くんも、驚いた顔をしつつ。

この場では、やはり橘観月様の言うことはゼッタイらしい。

「じゃあ……残念だけどここでお別れだね。観月さん、あゆ先輩のことよろしくお願いします」

そんなルリちゃんの声を最後に、わたしは部屋をあとにした。

ふたりして無言。

拷問《ごうもん》のような時間。

まさか、安哉くんの双子の妹だってバレて、詰められようとしてる？

いや、そんなわけない。

でも、そうじゃないなら、なんでわざわざわたしとふたりきりになるの……？

エレベーターに乗ってから降りるまでの時間は、永遠にも思えた。

「お見送り……ありがとうございました」

ようやく扉が開き、気まずさがやや和らいだところで、声をかけてみた。

相変わらず、目を見ることはできない。

ありがとうに対する返事はなく。

代わりに、なにかカードのようなものを差し出された。

――わたしの生徒証だ。

「…… 〝今井あゆあ〟」

静かに名前を読みあげられ、胸の左側が痛いほどに反応する。

「なん、で、生徒証を……」

「さっき廊下で会ったとき、お前が落としたんだよ」

「っ、え……」

急いで記憶を巻き戻す。

……あ。

きっと、彼の前でハンカチを取り出してみせたとき、これも一緒に落ちちゃったんだ。

「拾ってもらって、ありがとうございます……」

受け取ろうと手を伸ばしたのに、なぜかかわされ。指先は、虚しく空を切った。

「え？」

見上げた先で視線がぶつかる。

……あ、しまった。

——のまれる。

深い海のように底の見えない闇。

太陽を映す水面のように鋭い光。

彼の瞳は、そのふたつを同時に宿していた。

「お前、もうここには来るな」

指先に、冷たいとも熱いともつかない温度が伝わった。

少し遅れて、生徒証を握らせられたのだとわかる。

彼が背を向けたあとも、わたしはしばらく、その場から動くことができなかった。

＊＊＊

おつかいをすっぽかしたことについて、案の定、安哉くんに怒られた。

いつもなら言い訳やら文句やらで反撃するところだけど、今回ばかりはわたしが悪いので素直に謝った。

……正直に言うと、反撃する気力がなかっただけ。

もちろん、橘通連合のことは口が裂けても言えない。

『どこをほっつき歩いてたんだ』という問に対しては、『課題に使うテキストを学校に忘れたことに途中で気づいて取りに戻った』と嘘をついた。

いつもと違ってわたしがしおらしかったからか、安哉くんはあっさり信じてくれて、お説教も長引かず。

ああ……長い一日だった。

今日のことはシャワーといっしょに洗い流そう、と、お風呂場へ向かおうとしたとき。

「あゆ、ちょっと来い」

珍しく家にいたお父さんから声がかかり、なんとなく嫌な予感がした。

だって、お父さんから話しかけてくるのは、〝組織〟にとって大事なハナシがあるときだから。

だけど、その口から発せられたのは、予想を遥かに上回る

……爆弾のようにとんでもないセリフだった。

「いいか、あゆあ、久々の任務だ。——橘観月と寝ろ」

終か、始か

最低でも三十秒は沈黙していたと思う。

言葉はきちんと聞き取れた。

聞き取れたのだけど、いくら反芻《はんすう》しても意味を噛み砕くことができなかった。

その沈黙を命令に対する拒否だと受け取ったらしいお父さんは、まあまあ、となだめるように小さく笑った。

「明日にでもすぐ抱かれてこいと言ってるわけじゃない。時間がかかってもいい。そういう関係に持ち込める程度に親しくなれということだ」

「……そういう、関係、って」

「橘《タチバナ》家は機密情報の守備が昔から徹底していてなあ、正攻法で収集するには骨が折れるんだよ」

「っ、つまり、わたしにスパイをやれと……」

そういうことだ、とお父さんが頷く。

一瞬、ぐらりと視界が揺れた気がした。

「でも、わたしが桜家の血を引いてるって……安哉くんの妹だってバレたら」

「お前は〝今井〟あゆあだよ。戸籍にもそう書いてある。お前が直系の娘だってことは世間にひた隠しにしてきたから大丈夫だ」

「…………」

「だいたい安哉は心配しすぎなんだっつーの。せっかくお前があっちの高校に行ったんだから、もっと有効的に使わねえとな？」

ただでさえ沈んでいた気分がもっと沈んでいく。

「あ、安哉にはぜってえ黙っとけよ。あいつが知ったら猛反対するのは目に見えてる。面倒くせえのは御免《ごめん》だ」

ずっと前からわかっていたことだけど、お父さんにとって、安哉くんもわたしも道具でしかない。

思い知らされるたびに傷が深くなる。

「相手も年頃の男だ。体で迫ればあっさり落ちるんじゃないか？　あゆは母さんに似てそこそこイイ面《ツラ》してるしな」

「…………」

「ま、長期戦になってもいいからがんばれよ」

うちでは、お父さんの言うことが絶対だから。

「……わかりました」

わたしは操り人形のように、首を縦に振ることしかできないのだ。


次の日の朝。

思考すら行き詰まりそうなほどぎゅうぎゅうな満員電車の中で、わたしは自身に課された任務について真剣に向き合っていた。

長期戦でいい、という条件がついたことだけは不幸中の幸いかもしれない。

橘観月が表に滅多に顔を出さないと言われているのに加え、わたしは異性との交際経験がゼロ。

おそらくそれを踏まえて、長いスパンで見る計画にしてくれたのだろう……けれど。

成功率が低いとわかっているくせに、さも簡単な任務のように言ってのけるのが、なんとも意地の悪いところ。

それに、『長期戦でいい』を鵜呑《うの》みにしすぎるのもよくない。

お父さんは、間違っても気が長いほうではないからだ。

わたしを橘観月に近づけさせるというのは、おそらく数あるオペレーションの中のひとつ――せいぜいプランDとかそのあたり。

あらかじめ見込みの薄い位置付けだったとしても、もしプランA、B、Cが破綻した場合、責任という名のしわ寄せがいっきにわたしにやってくることになる。

実の父には敵方の息子と寝ろと言われ、実の兄には毎日のようにこき使われ。

はああ……。

わたし、青春がこないまま大人になっちゃうのかな……。

『次は橘通り、橘通り――……お出口は左側です……――』

朝からすでにくたびれた様子のサラリーマンたちの間をどうにかこうにかかくぐり抜け、ホームに降りる。

駅の喧騒の中に、密やかにため息を落とした。

そもそも、お父さんと安哉くんでわたしの扱いの指針が違うのも問題だ。

片や娘が橘観月のいる高校に入ったことをいい機会だと捉え利用しようと企み、片や橘観月には絶対に近づけさせまいとする徹底ぶり。

いったいどちらの言うことを聞けばいいのか。

うちではお父さんこそが絶対なので、普通であれば天秤にかけるまでもないのだけど。

『お前、もうここには来るな』

任務を課されたタイミングが悪すぎる。

観月くんは、どうしてあんなことを言ったんだろう。

あのときは観月くんの禍々《まがまが》しいほどのオーラに気圧《けお》され思考が半分停止していたので、単に『ウチの幹部以外の立ち入りはお断り』という意味で受け止めた。

でも、今になってよく考えてみると、もしかしたら……。

わたしのことを桜家の娘だって見抜いてたんじゃ……。

「……っ！」

想像しただけで、ぞっと背筋が冷えた。

いやいや、それはない。

わたしは〝今井〟あゆあ。

なにかと挙動不審な動きは見せてしまったかもしれないけど……。

桜家の娘だと疑われる要素はなかった、はず……！

それでも、ほんのわずかでも可能性としてあがってしまった瞬間、底知れぬ不安に襲われる。

仮に正体がバレていたら、今頃ルリちゃんや楓くん、遥世くんにも伝わって……。

ああああっ、どうしよう！

遥世くんに至ってはクラスメイトなのに！

校門にたどり着く頃には、指先まですっかり冷え切っていた。

そんなときに。

「今井、おはよう」

なんて声をかけられるものだから、「ぎゃあっ⁉」と怪獣みたいな声が出た。

「あ、悪い。びっくりさせたか」

隣を見ると、長い前髪に大きな黒縁メガネをかけた、素顔の見えない男の子が。

――佐藤遥世くんだ。

ええと、髪型もピアスもばちばちな昨日の彼と同一人物だよね……?

そういうハナシだったよね、合ってるよね……?

考えていたそばからご本人登場とは。

ドッドッドッ……と心臓が激しいビートを刻む。

朝から声をかけてくるなんて、これ、わたしの正体バレてる? バレてない?

「さとー、くん、おはよう」

昨日はお邪魔しましたと続けるべきなのだけど、なるべく触れられたくない出来事なので、喉奥にぐっと留めた。

けれど、その甲斐なく。

「昨日、無事帰れた?」

「あ~……うん、おかげさまで」

「そー、よかった。……ところで観月にエントランスまで送ってもらってたけど、ふたりでなに話したの」

無慈悲にも、さっそくふたこと目に出てきたのが一番聞きたくなかった名前。

でもこの口ぶりからして、わたしの正体はバレてないっぽい……？

「特になにも……。本当にただ、エントランスまで送ってくれたって感じだったよ」

「へー、そーなんだ。だったらべつにいいや」

軽く相づちを打ちながら、遥世くんは当然のようにわたしの隣に並んで歩き始めた。

「観月が女に『送る』とか、あんなこと言うのまじで珍しいからさ。ま、そもそも橘通連合《ウチ》に客が来ること自体滅多にねーんだけど」

「はあ、へえ～……」

もう少し気の利いた受け答えができないものかと思いつつ、わたしにとってはセンシティブな話題なので、これが限界。

それはそうと遥世くん、学校での見た目と話し方のギャップがすごい。

地味な格好からは想像がつかないほど砕けているし、会話のテンポも速い。

サバサバというよりバサバサで、やんちゃな男の子という感じだ。

ノーセットの髪が揺れるたび、顔の綺麗なパーツが見え隠れする。

これだけ整った造形をしているのに、クラスではわたしと一位二位を争う空気の薄さを演出していると考えると、本当にすごい。

目立ちたくないって言ってたけど、なんか理由があるのかな……。

「そんで、楓くんとは？」

「え、楓くん？」

「昨日彼女にならないかって迫られてたけど、付き合うの？」

「なっ！　付き合わないよ……！」

そう返事をすると、遥世くんはちょっと驚いたような、でもどこか安心したような顔をした。

「もったいないな。相手はあの楓くんだぜ？　こんなチャンス逃す女そうそういないと思うけど」

「だって……人を好きになるって感覚、わたしはまだいまいちわかんないし……。それに、恋ってお互いのことをじっくり知っていく中で生まれるものじゃないの？」

「どうかな。ロミオとジュリエットは出会った瞬間に恋に落ちてるし、一概にそうは言えないんじゃない」

ロミオとジュリエット……。

映画好きの安哉くんに勧められてわたしも観たことがある。

ふたりの出会いのシーンは印象的だった。ただ見つめ合っているだけなのに、お互いが強く惹《ひ》かれ合っているのがはっきりと伝わってきて、すごくドキドキしたのを覚えている。

たしか、そのときはまだお互いが敵だってことを知らなかったんだよね。

なんか……昨日のわたしと橘観月くんの出会いに似てる……。

「てゆーか、今井ってクラスでのイメージと全然違うな。おとなしい子かと思ってたけど、昨日僕たちと喋ってるとき、結構荒ぶってたし」

突然、語尾に（笑）をつけたような口調でそんなことを言われ、首から上が、かあっと熱をもった。

挙動がおかしい自覚はあったけど、荒ぶってたなんて、そんな……！

やっぱり怪しまれてたのかな……っ。

「た、橘通連合のメンバーの方々に囲まれたら誰だってああなっちゃうよ。しかも昨日は、なにも知らずルリちゃんについていったらまさかの……という感じだったので」

「にしても嵐のような荒ぶりようだったけど」

「んええっ！　そんなに⁉」

「くっ、はは、ごめんて。今井がどんな反応するかなって、興味本位でつい」

肩を揺らしながら笑う遥世くんに、ますます顔が熱くなる。

興味本位でつい……ということは、わたしをからかうために大げさに言っただけなんだ。

よかった……。のか、な？

佐藤遥世くんて、危険だ。

今の地味スタイルはまさに〝クラスメイトの佐藤くん〟という感じだけど、喋ればしっかり〝遥世くん〟だ。

「けどイメージと違ったってのはホント。学校でももっと自分出せばいーのに。おとなしく振る舞ってる理由でもあんの？」

——しかも、鋭いときた。

「振る舞ってなんかないよ、わたしはいつも素だし、正真正銘の根暗女なので……。

ていうか、佐藤くんのギャップのほうがびっくりだよ」

「僕は橘通連合《タチバナ》の幹部だって周りにバレたくないからこうしてるだけ」

「そうなの……?」

「今井にならいいけどね。……って、うわ。言ったそばから……まじかよ。あとはよろしく」

突然そう言って、そそくさと去っていくものだから、はて?と首を傾げた。

……その直後。

昇降玄関へ続くロータリーに黒塗りの車が侵入してきたかと思えば、わたしのすぐ横で停車し。

「あゆ先輩ーーっおはよーーっ!!」

そんな声とともに車からなにかが飛び出てきて。

勢いよくわたしの胸元にダイブ——!

「うぐぇ……っ」

「朝から会えて嬉しいよう〜〜。なんたって、あゆ先輩に会うために早起きして学校に来たんだからね！」

甘えるネコみたいにすりすりと顔を寄せてくるのは、まだ記憶に新しすぎる女の子——ルリちゃんである。

その後ろから、気だるい色気を漂わせた男の子が降りてきた。

淡いブルーの髪——ルリちゃんの兄、楓くんである。

そして、周囲からは悲鳴にも似た歓声が沸いた。

「あれ、ルリちゃんじゃね？」

「マジ⁉」

「間違いねえ、ルリちゃんだ‼」

「うをーーっ、俺のルリちゃんーー‼」

主に男子からはそんな声があがり。

「楓様、ホンモノ⁉」

「やばいやばいやばい会えたの奇跡じゃない⁉」

「楓様こっち！　目線くださいっ、……きゃあああしぬ！　尊いしぬ！」

「兄妹揃って美人すぎる〜〜」

主に女子からは、そんな声があがり。

そんな中。

「ねえ、あのふたりが車から降りてきたってことは、もしかして中に観月様もいるんじゃ……」

一部から聞こえてきた会話に、ドクリと心臓が跳ねる。

「おはよう、ルリちゃん……昨日は、どうも……」

ようやく挨拶を返しながらも、わたしの視線は黒塗り高級車に釘付け。

降りてくるとか……ないよね？

「ねえルリちゃん、あの車って……」

「うん？　あれは観月さんが手配してくれたんだよ」

「み、観月く……橘さんが？　へえ〜」

「そう、本当はお兄ちゃんにバイクで送ってもらう予定だったんだけど、お兄ちゃん朝弱くってさあ、まじで使えないの──」

そうなんだ、楓くんて朝弱いんだね〜と、心ここにあらずな返事が零れた。

数秒後、車は走り去っていき、心配は杞憂《きゆう》に終わった。

はずだった。

「ね～、あゆ先輩。今日の放課後ってヒマ？」

「え？　うーん、今のところ特に予定はないけど」

「よかったあ。じゃあ今日も来てくれるっ？」

「へ？」

来てくれる？って……まさか、昨日のビルに？

橘観月くんのいる、あのビルに？

「朝からうちの妹がごめんね、昨日からあゆちゃんに会いたい会いたいってうるさくて……。わがまま聞いてもらえると助かるなあ」

困惑しているときに、楓くんにとろけそうに甘い笑顔でそう言われ。

まるで催眠にかかったかのように、こくんと頷いてしまう。

あれっ？　わたし……どうして！

彼の笑顔に抗う術は、おそらく全人類持ち合わせていない。

早く言わなくちゃ。

やっぱり無理ですって。

「あのっ」

「じゃあ放課後、あゆ先輩のクラスに迎えに行くからね！」

「え、あ、うぅ……」

きらきらな目を向けられると言葉に詰まる。

結局、昇降口で別れるまでノーと言うことはできなかった。

『橘観月にだけは絶対近づくな』

『お前、もうここには来るな』

『橘観月と寝ろ』

安哉くん、観月くん、お父さん。

授業中も休み時間も、それぞれが悪魔のように耳元で囁《ささや》いてくる。

何度も何度も。

何度も何度も。

わたしはどうすればいいのでしょう、神様。

＊＊＊

「わたしなんかがお邪魔していい場所じゃないと思うんだよね。だから、遠慮させていただきたくて……ですね」

放課後がもうすぐそこに迫った、午後四時半。

終礼が始まる前に遥世くんに今朝のルリちゃんとのやりとりをざっくり話し、ついでにお断りしたい旨を伝えたのだけど。

「いや……厳しい。ルリの執着心えぐいから」

と、ばっさり切られてしまった。

「そこをなんとか……。ルリちゃんの気持ちは心から嬉しいんだけど、あの場所はどうも身の丈に合わなくて……、わたしは部外者だし」

「まーたしかに、うちの幹部以外は入っちゃいけないってのが本来の決まりではあるけど」

「っ、やっぱりそうでしょ……っ？」

「けど、今井が縮こまる必要はない。ルリが連れて来た客なんだから堂々としてればいいし」

「……、……」

がっくりうなだれる。

ルリちゃんはたしかに立派な幹部の一員だろうけれど。

わたしは、橘通連合のトップである橘観月くんから直々に『もうここには来るな』と言われた身。

朝から今までどうするべきか考えに考えた末、わたしが選んだのは〝お父さんに課せられた任務は、とりあえず様子を見る〟ということ。

——つまり、いったん保留。

お父さんの命令は絶対であったとしても、観月くんにわたしの正体を怪しまれているかもしれないうちは近づかないほうがいい。

仮にバレたら、観月くんの口から幹部に伝わってきっとひどい目に遭わされる。

橘通連合の影響力はすさまじいから、目にも留まらぬ速さで情報が回って、そのうち全校生徒からいじめられるようになるかも……。

いずれ再び顔を合わせることになるとしても、昨日の今日で観月くんに会うというのは絶対に避けたい。

放課後わたしの教室に迎えに来るというハナシだったから、そのときルリちゃんに直接断ろう。

急用ができたと言えば、わかってくれるはず。

そう心に決めた、約三分後。

終礼を済ませた担任の先生と入れ替わるようにして、麗しの人物が教室の扉から顔を覗かせた。

それは、ルリちゃんではなく――。

「あ。あゆちゃんいた。やっほ～」

なんと、楓くん。

甘～い笑顔と甘～い声に、教室にいた全員が一瞬で彼に釘付けになる。

そして、楓くんがこちらをめがけて歩いてくるものだから、みんなの視線は必然的にわたしにスライドしていき。

「お迎えにあがりましたよ。さ、帰ろ?」

わたしの手をとって、そんなことを言うから。

鼓膜《こまく》をつんざくほどの喧騒が巻き起こり、その光景、まさにブリザードのごとし。

「今井さんって、たしか朝もルリちゃんと歩いてなかった？」

「だよね。なんで？」

「しかも今度は楓様がじきじきにお迎えって……」

「まさか付き合ってる⁉」

「いや、無理無理無理無理ありえない！　楓様は特定の彼女作らないもん！」

助けを求めようと遥世くんのほうを見るも……。

なんと机に顔を突っ伏して、知らん顔である。

この騒ぎの中、眠れる人なんているわけない。

わざとだ、絶対わざと。

目立ちたくないからって、わたしだけ好奇の目の中に置き去りにするなんて……ひどいよ……っ！

「えーっと……。楓くん、お迎えにはルリちゃんが来てくれるって聞いてた気がするんだけど……」

「それがお恥ずかしいハナシ、あの子補習に引っかかって、六時過ぎまで解放してもらえなさそうなんだよね」

「ええっ、補習？」

「うん。だから取り急ぎオレが来たよ」

そっか、補習。

驚きつつ、内心ホッとしてしまった。

これで断る口実を作らずに済む。

「そうだったんだね。残念だけど、また機会があればいつか……」

テンプレの社交辞令に作り笑顔を添えて、背を向ける。

背を向け……ようと、した。

「……？　……楓くん、この手はいったい……」

「うん？　今から行くでしょ？　オレたちの部屋」

「へ？　だってルリちゃんは補習があるんだよね？」

「ルリのことは、あとでまたオレが迎えに行くから大丈夫だよ～」

「……？　……？？」

片手でわたしの手を引きながら、片手でわたしのスクバをひょいと持ちあげて。

楓くんがなにか動作を起こすたびにクラスの空気がざわっと動く。

にこにこしているのに力だけは強くて、わたしはずるずると引きずられながら、ついに廊下に出てしまった。

「あのねっ、わたし実はさっき急用を思い出して！　今日は早いところ家に帰らなくちゃいけなくて！」

「え～、なんも聞こえな～い」

「か、楓くん……。お願いお願い……本当に無理なのっ」

「う～ん。でも、ルリが補習から帰ってきたときにあゆちゃんがいなかったら困るなあ。オレのほうこそ一生のお願い……ね？」

「う、うぅ……」

今度は触れたら消えてしまいそうな儚い笑顔を見せられ、うぐっと言葉に詰まる。

改めて、恐ろしい武器だ……。

やだ、どうしようっ。

今はまだ観月くんに会うわけには……！

ぐい！っと、楓くんの腕を思いきりひねりあげたのは、……無意識だった。

「うっ……、痛……はあっ、あゆちゃん、……」

悩ましい吐息でハッと我に返った。

わ、わたし……焦るあまり、つい手が出て……！

慌てて楓くんから離れる。

「ごっ、ごめん！」

痛かっただろうに、楓くんは青ざめるわたしを見てくすくす笑った。

「あぶないあぶない、肩外れるかと思った。どうやら、昨日ナンパ男を蹴り飛ばしたっていうのは本当みたいだね」

「……、……」

「本当、その細い体のどこにそんな力が隠れてるの？　女の子に力でねじ伏せられたのは、さすがに初めてだなあ」

「……ごめ、なさい……」

どう、しよう。

人前でまたやってしまった。

ドン引きされたに違いない。

可愛さの欠片《かけら》もない、獰猛《どうもう》な女だって……。

「赤くなったり青くなったり、相変わらず忙しい子だね……そういうの嫌いじゃないよ。むしろ好き、可愛くて目が離せない」

「……え、」

一瞬、どきっとしてしまって恥ずかしい。

「心配しなくても大丈夫、オレこう見えて鍛えてるし……。でも、どうしても負い目を感じちゃうなら、オレと一緒に来てくれるよね?」

――甘い笑顔と甘い言葉に、まんまとはめられた。

気づいたときには、首根っこを掴まれて連行されていた。

メモ。楓くんは意外と計算高いし容赦がない……、っと。

そしていつの間に狸寝入《たぬきねい》りから覚めたのか、遥世くんが一定の距離を保ちながらしれっと後ろをついてきていた。

目が合うと、黒縁メガネの奥でにやりと笑われる。

遥世くんも意外と意地悪だし、橘通連合の幹部は厄介者揃いだ。

絶対に敵に回したくない。

後ろにも見張りがいるおかげで抗う術なく。

裏門の近くに停まっていた黒塗り高級車に、わたしは泣く泣く放り込まれたのだった。

＊＊＊

午後五時。

旧橋通りに建つ例のビルを目の前にすると、漠然とした絶望感に襲われた。

心なしか、昨日よりも高くそびえているように見えるし。

怖い顔でこちらを睨んでいるように見えるし。

エントランスの扉さえわたしを拒んでいるように見える。

「本当に大丈夫？　橘さんは、わたしみたいな部外者が立ち入ることをよく思わないんじゃないかな」

わたしの少し前に立つふたりに声をかけた。

最後の試み。

できるだけ落ち着いた声で伝えてみる。

真剣さが伝わったのか、楓くんも、遥世くんもぴたりと足を止めてこちらを振り返った。

——そのときだった。

すぐ背後に人の立つ気配がしたかと思えば、耳元で低い声が響き、ひゅ、と息をのむ。

「俺が……なに？」

相手がゆっくりとわたしの前に回った。

心臓が狂ったように早鐘を打つ。

彼の口元は薄く笑っている。

彼の瞳を見てはいけない。

がんじがらめにされて、二度と逃げられない檻《おり》の中に囚われる。

警報が絶え間なく響いている。

危険だとわかっているのに、絶対に踏み込んではいけないとわかっているのに。

操られるように吸い込まれた先で——視線が重なった。

深い海のように底の見えない闇。

太陽を映す水面のように鋭い光。

彼と目が合うのは、これで三度目。

昨日の二度目を経験したとき、もう先がない、と思った。

どういうことか説明しろと言われても、自分でもうまく表現できない。

〝オワリ〟。

シンプルなその言葉が、一番しっくりくるように思う。

「『もうここには来るな』。昨日、そう言わなかったか」

ああ……しまった、終わった。

〝終わり〟の予感があったのに、わたしは自らここへ来た。

いくら強引に誘われたとて、なりふり構わず叫ぶなり暴れるなりして拒否すれば回避できたことなのに。

「お前、ずいぶんと肝《きも》が据《す》わってるな。それともただの命知らずか？」

飛んで火に入る夏の虫。

——愚か者。

毒か、薬か

観月くんの視界に収まってから、自分が何秒ほど耐えていたのか、思い出せない。

たった三秒かもしれないし、固まったまま一分くらいは放心していたかもしれない。

頭が「どうしよう」で埋め尽くされ、しだいに熱を帯び、やがて情報処理が不能になった。

そして、ぐらりと目眩《めまい》。

意識が途切れる――。

わたしは昔から、頭を使いすぎるとこうなってしまう。

いわゆる知恵熱というもので、過剰に思い悩んだりすると交感神経が活発になり体温が上昇してしまうらしい。

小学生の頃は、周りの子とは異なる家庭環境によるストレスでよくこれを引き起こしていた。

それだけでなく、宿題でわからない問題に向き合っているだけでも熱を出すことがあったので、安哉くんは毎度呆れ顔で……。

だけど、『軟弱者』と悪態をつきながらも、氷で冷やしたタオルをせっせと用意してくれてたっけ。

安哉くん、本当は優しいところもあるんだよね。

最近は喧嘩ばっかりだけど……。

夢うつつに昔のことを思い出していると、しだいに意識がはっきりしてきた。

ゆっくりと目を開く。

白い……天井。

白い壁……。

どうやら、ソファに寝かされているみたいだ。

ぼやぼやとした景色の中に人影が映る。

これは……たぶん安哉くんだ。

額に冷たいタオルの感触がある。

迷惑かけちゃったな。

早いところ起きあがって、お礼を言わないと……。

まだ気だるい体を起こしかけて……直後、ハッとする。

『「もうここには来るな」。昨日、そう言わなかったか』

そうだっ、わたしは楓くんと遥世くんに連れられて来て……。

ここは自宅じゃない。

橘通連合の本部ビル。

つまり、今わたしのすぐ近くにいる人は……安哉くんではない。

次の瞬間、意識が完全に覚醒した。

おそらく青ざめているであろうわたしをじっと見つめていたのは、楓くんでも、遥世くんでもなかった。

「っ、……橘、さん……?」

部屋には、わたしたち以外誰もいなかった。

いったい、どういう状況……？

まだ夢を見ているんじゃないかと思ったけれど、それはあくまでわたしの願望にすぎず。

何度まばたきをしてみても、目の前の景色が変わることはない。

「ぅ……あの、介抱してくださって、ありがとうございました」

聞きたいことは山ほどあるけれど、まずは人としてお礼を述べるのが先決だと思い、おそるおそる声をかける。

すると彼は、読みかけの分厚い本をぱたりと閉じて言った。

「具合は」

「へ？」

「体の具合だよ。もうへーき？」

想像していたよりもずっと優しい声が返ってきて、とまどった。

来るなと言われたそばからのこのこやってきて。

挙句、目の前で倒れるという失態をおかして手をわずらわせたのに……怒ってないの？

「は、はい。風邪とかじゃなくて、知恵熱なので……もう大丈夫です」

「知恵熱？」

「はい……。難しい課題を解いたり究極に思い悩んだりすると、時々こうなってしまって」

わたしがそこまで言うと、相手は小さく笑った。

「人の顔見ていきなり倒れるとかイイ性格してんなと思ったけど、究極に思い悩んでたのか」

「っ、ええと……！　だって、来るなって言われたのに来てしまったし、目が合って、もう終わったと思って……」

「へえ、そう。俺が怖い？」

「こ、……怖……かったです、倒れるまでは」

静かな瞳に見つめられれば、またも操られるように素直な言葉が零れ落ちる。

……そう。ありえないくらい怖かった。はず。

目を合わせたら終わりだと思っていた。はず。

だけど不思議なことに、わたしは今、まっすぐに彼の目を見ている。

気づいた瞬間、熱がぶり返したかのように顔が火照《ほて》るのがわかった。

「そ、そういえば……楓くんや遥世くんは、今どこにいるんですか？」

なんとなく、目を逸らしながら尋ねた。

「楓はルリの迎え。遥世はバイトがあるとか言って帰った」

「へえ、そうだったんですね……」

楓くんがルリちゃんの補習のお迎えに行ったということは、おそらく今は夕方の六時頃。

となると、一時間近く眠っていたことになる。

わたしは、いつからこの人とふたりきりだったんだろう。

もしかして、ずっとそばにいてくれてたのかな……？

目を逸らしたのに、熱が引かないどころか鼓動までうるさくなってきた。

額に乗せられていたタオルを、右手でぎゅっと握りしめる。

まだしっかりと冷たさがある。

ついさっき取り替えてくれたとしか、思えないほど……。

「あの……ありがとうございます」

「それさっきも聞いたし、俺はべつになにもしてない」

「でもっ、タオル取り替えてくれたんですよね……？」

「………」

無言。つまりは肯定。

やっぱり替えてくれたんだ……。

ドクン、と胸の左側が大げさに反応したのと。

——バァン！

と勢いよく部屋の扉が開いたのは、ほぼ同時。

「あゆ先輩〜〜！　補習がんばったよお、疲れたよお、褒めて〜〜」

勢いよく胸に飛び込んできたルリちゃんを、ぎこちない手つきでよしよしと撫でる。

「がんばったね、お疲れ様」

「ううあゆ先輩ーーっ、大好きーー！」

続いて部屋に入ってきた楓くんが、「ごめんね」と言いたげな笑顔を向けてきた。

いやいや、むしろ今回ばかりはありがたいよ。

ルリちゃんが帰ってきてくれてよかった。

あのまま彼とふたりだったら、気まずいし……。

そう思いながらも、どこか寂しい気持ちがするのは、きっと気のせい。

「ルリ。今日はあんまり時間ないんだから、そろそろあゆちゃんから離れようか」

しばらくすると、楓くんからそんな声がかかり。

しぶしぶといった様子で離れたルリちゃんが、申し訳なさそうに口を開いた。

「それがね、さっき急遽パパが海外から帰ってきたって連絡があって。今夜は家族でディナーすることになったの」

「え……海外から……っ？　それは早く行かなきゃだねっ？」

「あたしが強引に誘ったのに本当にごめんね！　お詫びに、すっごいおいしいスイーツ買ってきたから食べてっ」

ルリちゃんはそう言いながら、楓くんが持っていた箱を奪ってテーブルにどんっ、と置いた。

繁華街で有名なスイーツ店のロゴが入っている。

「あ、ありがとうだけど、気を遣わなくてよかったのに……」

「もともとあゆ先輩と一緒に食べようって思って予約してたやつだから大丈夫！　あ、保冷剤入れてもらってないから、ここで食べていってね。シュークリーム溶けちゃうから早めに！」

それじゃあね！と言いながら、ルリちゃんは部屋を出ていった。

それに続き、楓くんもいなくなった。

……あ、そっか！

ふたりは兄妹だから、楓くんも一緒にディナーなわけだ。

ということは、わたしは橘観月くんとふたり……。

おそるおそる、さっきまで彼がいた場所に視線を移す。

あれ、いない。

立ち上がって部屋全体を見渡すと、部屋の対角にあるソファに座ってさっきの分厚い本を読んでいた。

完全にひとりの世界だ。

わたしをないものとして扱っている。

そのほうが都合がいい。

ルリちゃんはいないわけだし、ここに長居する理由もない。
それに、観月くんだってさっさと帰れよと思っているに違いない。
早いところシュークリームをいただいて退室しよう。
そう思って急いで箱を開ければ、びっくり。
なかなか大きいサイズのシュークリームが、ふたつ入っているではないか。
きっとルリちゃんの分だ。
わたしと一緒に食べる予定だったと言っていたし……。
箱裏の消費期限は今日。
ルリちゃんの口ぶりも『あゆ先輩が全部食べちゃって！』という感じだった。
昨日、今日と、スイーツを食べるためだけにここに来ている感じが否めない。
なんか逆に申し訳ないな……と思いながら手を合わせる。
「……いただきます」
口に入れた瞬間、カスタードがふわっととろけた。
甘いけど甘すぎないやみつきのおいしさに感激してしまう。
こんなにおいしいシュークリームのお店が橋通りの繁華街にあったなんて……。

ほっぺたが落ちるって、こういうことを言うんだなあと、生まれて初めてわかった気がした。

大きさを売りにしているシュークリームなんて味は二の次でしょ、という勝手な偏見が覆され。

三分足らずでひとつ目を食べ終えたわたしは、甘さの余韻《よいん》にほうっと浸る。

ひとつで結構お腹にたまってしまった。

極上においしいので、あとひとつ食べようと思えば食べられると思うけど……。

独り占めもいいけど、このおいしさを誰かと分かち合いたいな……なんて。

どうやら、シュークリームの甘さで頭までとろけてしまったみたい。

おもむろに立ち上がり、そろりそろりと観月くんのもとへ足を運んだ。

途中で我に返って、いったん停止。

わたしたちの中間地点はとうに越えてしまっていて、引き返すにはおかしい距離だ。

「……なんの用」

冷や汗を垂らしているところに、本に視線を落としたままの観月くんから声がかかる。

「シュークリームを、食べませんか」

「………」

「ルリちゃんが買ってきてくれたんですけど、ふたつ入ってて、ひとりじゃ食べ切れなくて。ものすごくおいしかったので、おすそ分けをと……」

少し間をおいて、小さなため息が返ってきた。

「ここ座りな」

「えっ」

「俺の隣。早く」

「はっ、はい！」

圧力に押されて足を踏みだすも、わたしの動作はロボットのようにぎこちなかった。

観月くんのいる大きなソファには、もうひとり、いやふたりは座れる十分な広さがある。

だけど厄介なことに、観月くんはそのど真ん中に座っている。

まるで玉座だ。

端にズレてくれる様子もないので、酸欠になりかけながら近づいた。

「隣、失礼します……」

「ああ」

「……、座り、ました」

「はあ、見たらわかるけど」

「ええと……なぜ、わたしに、座れと」

「立っては食えないだろソレ」

「え?」

ソレ、とは、シュークリームのことらしい。

わたしは観月くんにおすそ分けをするために持ってきたんだけど……あれれ。

「わざわざあっちに戻るのも面倒だろうから、ここで食えって言ったんだよ」

「あ～……、なるほど……?」

納得してみたはいいけれど。

……うーんと、……ことは。

「シュークリーム食べないんですか？」

「俺はいい。食べたらすぐ帰れよ」

それだけ言うと、観月くんの視線は本に戻っていった。

ここで食い下がるのも違う気がして、おとなしくふたつ目に手を伸ばす。

さっきと変わらないおいしさのはずなのに、隣にあの橘観月がいるせいで味がよくわからない。

正体を見抜いているなら、隣でのんきにシュークリームなんか食べさせずに、とっくにわたしを締めあげているはず。

かといって油断はできない。

『もうここには来るな』

あの言葉の真意は？

バレてないけれど、怪しまれてはいる？

どう、なんだろう……。

こちらから尋ねるわけにもいかないし、観月くんがなにを考えているかわからなくて怖い。

「お前、学年はルリのいっこ上だっけ」

あとひとくちで食べ終わるといったときに、突然話しかけられ。

「っ、ぅ⁉」

あやうく喉に詰まらせそうになる。

わたしの存在を完全にないものとして本を読んでると思ってたのに……！

「……はい、ルリちゃんのひとつ上で、現在高二です」

「へえ。俺と同い年か」

「っ、そうですね……」

学年を確かめられた……。

まさか、尋問が始まろうとしてる？

やっぱり怪しまれてる……っ⁉

そういえば、わたしは遥世くんから聞いて、観月くんが同い年だと知っていたけれど。

わたしが知っていることを観月くんは知らないはずで……。

そうですねという相づちは、あなたのことは調べ尽くしているので知っています

よ、と捉えられてもおかしくないかも⁉

「あっ……いや、観……橘さんも二年生なんですね⁉　大人っぽいから、てっきり年上かなって思ってました……っ」

ちょっと、白々しすぎたかもしれない。

「よく喋るな。見かけによらず」

黒い瞳がわたしを捉え、ぎくりとする。

いけない。

慌てるとつい饒舌《じょうぜつ》になってしまう。

「俺のことは下の名前で呼べ。あと敬語もいらない」

「え……」

「知ってるだろ、俺の下の名前」

――この街で橘観月の名を知らない人はいない。

だけど、わたしに向けたそのセリフには、また違う意味が込められている気がするのは気のせいか。

「うん。……〝観月〟くん」

その名前を口にした瞬間、ドッと心臓が跳ねた。

これ以上ボロがでないように黙っていよう。

昔、安哉くんに教えてもらった。

スパイたるもの、後先考えずなんでもかんでもべらべら喋ってはいけないのだと。

そして尋問を回避するために、早く最後のひとくちを食べてここを出て行かねば。

「ごちそうさまでした」

最後までじっくり味わうことはできなかったけれど、状況が状況なのでしょうがない。

それにしてもおいしかった。

「あの、観月、くん。ルリちゃんにお礼を伝えておいてくれない……かな？『今まで食べたシュークリームの中で一番おいしかったよ、ありがとう』って」

ページをめくる観月くんにそっと声をかければ、視線がゆっくりとわたしにスライドしてきた。

「そんなにうまかったの」

「っ、うん、それはもう！　生地はサクサクで中のクリームは濃厚でとろけるくらい甘くて……っ」

つい、はしゃいだ声をあげてしまって、ハッと口をつぐむ。

そのとき、ふと目の前に影が落ちた。

ほのかなムスクが鼻先をかすめ、その香りに一瞬くらりと酔わされる。

その隙を突くようにして、彼の唇がわたしの呼吸を静かに封じた。

「……ほんとだ、甘」

時間が、止まったみたいだった。

至近距離で視線が絡んで、体も意識もがんじがらめ。

緊張と静寂の心地よい支配の中で、鼓動が早まるのを感じた。

お互いの微かな息遣い以外、なにも聞こえない。世界がふたりだけのものに変わっていく。

触れたら簡単に壊れてしまいそうな世界だった。

壊しておかなくちゃいけない。簡単に壊すことができる今のうちに。

わたしは桜家の娘で、彼は橘家の息子だから。

〝ほら……早く——目を逸らして〟。

そんな戒めも、ここでは届かず。

「急に黙るなよ」

「…………」

いやいや黙るでしょう。

いきなりキスをされたんだよ。

こんな場面で黙る以外なんの選択肢があるの。

殴る？　蹴る？　突き飛ばす？

と、胸の内側で、おそらく一般的であろう建前を並べてみるけれど。

本音を含む深層心理の部分では、もうわけがわからないくらい、ただひたすらどきどきしていた。

そんなわたしを試すように、また唇が落ちてきた。

優しい口づけに心臓がいとも簡単に反応する。

優しいわりにあっさり離れていく唇に一抹の寂しさを覚えて、わたしは「終わった」と思った。

「……なんで」

しばらくして、ようやくひとこと目が出た。

「なんでって」

「キス……二回も、した」

「……なにも言わねえからいいのかと思った」

「っ、そ……」

そんな。

横暴だ。あまりにも横暴。

そしてずるい。

一度目がついうっかり、という衝動的なものであればこちらも事故として処理できるのに。

二度目で、しっかりわたしを求めたことを明白にしてくるなんて。

甘く誘う視線に意識がまるごともっていかれる。

抗えなくてくらくらする。

信じたくないけれど、今わたしだけを見つめる瞳に強く惹かれている。

彼の指先がわたしの頬に触れて。

「熱、まだ下がってないだろ」

そんな声とともに、ゆっくりと体重がかかった。

「顔真っ赤だし……肌も熱い」

「や……違……」

ソファの背もたれによりかかっていた体がずるずると沈んでいく。

体温は間違いなく上がっている。

観月くんのせいで熱がぶり返すのを感じる。

相変わらず視線を逸らせない。

観月くんもまた、その瞳を決して逸らそうとしなかった。

まるで初めからお互がこうなることを望んでいたかのように少しずつ距離が縮まって、自然とまぶたが閉じられた。

「……ん、っ」

唇が重なる。

そのキスはさっきと同じように優しいけれど、優しいだけじゃなかった。

一度離れたかと思うと、またすぐに奪われて、今度は深く重なり合う。

「んっ……ぁ」

気づいたときにはソファに完全に押し倒された状態で身動きが取れなくなってい
た。

わたしを押さえつけていた手が、ゆっくりと輪郭をなぞりながら指先に絡む。

ひとつひとつの動きにこれでもかというほど胸が高鳴って、このまま、壊れるん
じゃないかと。

「――……観月くん……っ、」

絡んだ指先を、ぎゅっと握り返しながら名前を呼んでしまった。

もうだめ、の意味のつもりだった。

観月くん以外のことなにも考えられなくて、どきどきしすぎて息も苦しくて。

このまま溺れ死んでしまいそうで、怖かったから……。

……だけど。

「やば……。もっかい名前呼んで」

色めきだった瞳と、甘く掠《かす》れた声にあてられて――ドクリ。

再び落ちてくる唇に、あっさり支配を許してしまう。

「や……だめ──んぅ」

「声まで甘い」

「～っ、ぅ、……」

「ほら呼んで、もっかい。早く」

唇に触れる寸前で止められて、焦らされる。

やめてもらおうと思って名前を呼んだんだから。

このまま触れてくれないのが、一番いいはずなのに。

あれだけ甘いものを与えておいて、今さらお預けなんてひどい……とも、思って。

ぐちゃぐちゃになった感情が、よりいっそう理性を鈍《にぶ》らせるから。

「……みづきくん」

「ん……、最高」

刹那《せつな》、もう何度目かわからないキスにのまれた。

視線も声も触れる温度もすべてが甘くて、わたしたちは恋人同士なんじゃないかと錯覚する。

こんなの絶対におかしい。

『橘観月にだけは絶対近づくな』
安哉くん、どうしよう。
敵なのに。だめなのに。
『橘観月と寝ろ』
そうだ。
そういうことにしておいたら、いいんだ。
わたしは利用するために橘観月に近づいた。
このままうまくいけば、お父さんにも褒められて……。
それでいい、はずなのに。
どうして胸が痛いんだろう……。
答えが見つからず、じわりと目の奥が熱くなったのと。
わたしのスマホが鳴ったのは、ほぼ同時。
「……っ！」
水をかけられたかのように、一瞬で冷静になった。
体温が急激に失せていく。

先程までとは全く違う理由で鼓動が早まる。

わたしに電話をかけるのは安哉くんしかいない。

そもそも、連絡先に登録されているのが安哉くんとお父さんと、それから離れて暮らしているお母さんのみ。

お父さんは仕事以外で家族とのコミュニケーションを取ろうとしないし、お母さんとはもうずいぶんと長い間やりとりがない。

……大丈夫。

ピンチのときこそ冷静に。

「……た、……たぶん〝弟〟から……」

そう言いながら、観月くんに画面を見せた。

いつかこんなこともあろうかと——もちろん、昨日の今日でソファに押し倒されるとまでの予想はつかなかったけれど——昨日、SNSの通知に表示される安哉くんの名前を〝弟〟に変更しておいた。

一部で出回っているのは、桜安哉に双子の〝妹〟がいるという噂。

わたしに〝兄〟がいると知れば、観月くんの警戒も強まるだろうから、それを逆手に先手を打って、〝弟〟がいると刷り込ませる作戦である。

観月くんが画面を見たのを確認してから『拒否』ボタンをタップした。

指先が震えていることに気づかれませんように、と祈りながら。

「切らなくてもいいだろ」

「い……いつも大した用じゃないので……でも、わたしもそろそろ帰──ひゃっ⁉」

上体を起こした瞬間、ぐいっと腕を引かれ。

すると今度は、わたしが観月くんに覆いかぶさるような体勢になった。

「な、っ……ごめんなさいっ、いや……えっ？」

視界がぐるぐる回る。

冷静でいたつもりだけど、全くもってだめだめ。

見つめられながら距離が近づくと、キャパがとうとう限界を迎えて。

「も、もう無理だよ、わたし……初めて、でっ、これ以上、全然わかんないの……っ」

目の前の胸板を、無鉄砲にどん！と押した。

直後、やってしまったと我にかえる。

「………」

「………」

「……肋骨《ろっこつ》折る気？」

「っえ……う、うあ、ごめんなさい！　ごめんなさい!!」

「さっきはあんなにおとなしくて可愛かったのにな」

「～っ、わ、忘れてください……っ」

必死に懇願する。

〝こんなはずじゃなかった〟

それは、観月くんも同じはずだから。

「わたしも忘れるからっ、お願──んんっ」

襟元を乱暴に掴まれ、唇が押しつけられる。

「……な、なんで……っ」

ぐわぐわと、また熱の上がる気配がする。

どきどきしてくらくらして、このままじゃ倒れてしまう。

まっすぐ射抜いてくる視線から逃れるように、体ごと背を向けてソファを下りた。

「色々とご迷惑をおかけしてごめんなさいっ、……き、昨日言われたとおり、もう二度とここには来ないので……っ、失礼します……！」

頭に並べたセリフを早口でなぞって、同じくらい早足で部屋を出た。

それでも、唇にはずっと熱が残ったまま――。

【観月SIDE】

男女問わずとにかく人たらしの楓に対して、その妹のルリは昔から人一倍警戒心が強かった。

組織の役員の娘だからという理由で目を付けられることも多かったせいか、少し会話を交わしただけで相手が敵か味方かを見極められるようになったらしく、俺もその目をわりと信用していた。

だからルリが連れて来たというだけで俺は今井あゆあを無害な女だと判断し、初めは大して気に留めていなかった。

――が。

今井あゆあの言動を顧みると、引っかかる部分がいくつかあった。

まずは部屋の扉の前で鉢合わせた瞬間の、あの動揺っぷり。

そのくせ、橘通連合《ウチ》に関する話題には深く触れようとしない妙な冷静さ。

そして、体術が得意ときた。

ナンパしてきた男はかなりの大柄で、とても勝てそうな相手ではなかったとルリが言っていた。

そんな男を蹴り飛ばした……となれば、並大抵の腕じゃない。

思えば、できすぎたシナリオにも思える。

ナンパ男と今井あゆあがグルで、俺に近づくためにルリを利用した……とかな。

そこまで考えたとき、古くからウチと因縁のある桜家の息子・桜安哉には双子の妹がいると裏で密かに囁かれてることを思い出した。

桜安哉は俺と同い年。

仮に今井あゆあが妹だったとすれば、年齢は一致する。

だけど、たったそれだけ。

俺の知る桜安哉とは見た目も似ていないし、大柄の男を蹴り飛ばして撃退したとルリが誇張して喋っていた可能性もある。

確信を持つには不十分で、不十分なものに労力を割くのは面倒だった。

だから『もうここには来るな』と、テキトウに脅した。

橘家の権威の大きさは不本意ながら理解している。俺がひとことそう言えば、たとえ桜家の娘であってもそうでなくても二度とここには近づかないだろう。

……と踏んだ次の日に、またしても現れた今井あゆあ。

ルリが強引に誘ったとしても、普通来るか？

一周回って感心すら覚えた。

桜の娘かどうかはさておき、ずいぶん肝が据わっている。

もしくは命知らずのバカか……。

そう思いながら見おろした矢先に今井あゆあが倒れ、その後、遥世と楓は外出し、彼女とふたりきりになった。

まるで謀《はか》られたかのような展開。

ひょっとしてこれも弱った演技だったりしてな……。

疑念にまみれながらそっと肌に触れると、予想よりもかなり熱かった。仮病を疑ったことへの申し訳なさからか、気づけば氷で冷やしたタオルを彼女の額にかけていた。

そのとき、一瞬だけ彼女の瞳がうっすらと開いた。

――『ありがとう……――くん』。

そう言ってやわらかく笑った顔が、純粋に可愛いと思った。

しばらく時間が止まったように感じた。まるですべての意識を彼女に奪われたかのように。

〝――くん〟。

名前が聞き取れなかったことに、一拍遅れてもどかしさを感じた。その中に、少しいらだちもあった。

「……誰と勘違いしてんの」

優しさに溢《あふ》れた声、表情。

俺に向けたものではないことは明白で。

なんとなく気に食わないのと、笑った顔をもう一度見たいのとが合わさって、妙な感情ができあがった。

『シュークリームを、食べませんか』

距離の詰め方が下手くそだなと毒吐きながらも。

『知ってるだろ、俺の下の名前』

『うん。……〝観月〟くん』

その程度で顔赤くなるのかよと呆れながらも。

『そんなにうまかったの』

『っ、うん、それはもう！　生地はサクサクで中のクリームは濃厚でとろけるくらい甘くて……っ』

その笑顔を向けられたとき、不覚にも心臓が大きく揺れた。

無意識に口づけた。

甘い唇。

甘い声。

あっさり溺れた。

この女の素性を暴くためにやっただけ。

さんざん唇を奪ったあとで、自分を正当化する言い訳を並べた。

バカバカしい。もうやめだ。
こんな女、二度と関わりたくない。
そうやって、ようやくいつもの自分を取り戻しかけた。というのに。
『忘れてください……っ』
『わたしも忘れるからっ』
その瞬間、俺の中でなにかが崩れた。
ああ、やっぱり二度と関わりたくない。
あの子といると、俺が俺じゃなくなりそうだ——。

情か、虚か

「おい、あゆ」

家の玄関をくぐった瞬間、安哉くんの怒りの声が飛んできた。

「昨日は約束破るわ今日は電話無視するわ、なんなんだよ」

「…………」

「お前昨日からなんかおかしくねえ？」

「……ごめん、大丈夫」

安哉くんの隣を通りすぎようとすれば、腕を掴んで引き止められる。

「それ、大丈夫って顔じゃねえだろ」

「だ、だいじょうぶ……」

「具合悪いのか？　それとも学校の奴らにいじめられたりとか――」

「っ、そんなんじゃないから……」

振り切ろうとしても強い力で離してくれない。

「正直に言えよ」

「……電源切ってたから電話気づかなかったの」

「嘘つけ。お前鳴ってるときに自分から切っただろ」

「～っ、なんでもいいじゃん。とにかく出れなかったの！　ていうか、安哉くんにいちいち報告する義務ないし……っ、あっちいってよ」

完全に八つ当たりだ。

心配してくれているのに、今日の出来事を探られたくない一心でついはねのけてしまう。

「毎日毎日、安哉くんの言うこと聞くのもう疲れたんだもん……、こうやってしつこく尋ねられたりとか、もうウンザリ……」

「……は」

「もう干渉しないで。全然楽しくない、せっかく安哉くんとは違う高校行ったのに……！」

止まんなきゃ、って、そう思うのに。

次から次へと零れてきて止まらなかった。

沈黙が訪れて、やりすぎた……と泣きそうになる。

こんなことを言いたかったわけじゃない。

安哉くんの下僕でいるのは大変だし、もう辞めたいと思っているのは本当だけど。

わたしの安哉くんへの気持ちは、それだけじゃないから。

血の繋がった唯一の兄妹。

お母さんはわたしより恋人を選んだのに。

お父さんはわたしを道具としか見ていないのに。

安哉くんだけは、いつも寄り添ってくれていた。

安哉くんの横暴な命令も、その半分は口実で、実はわたしをそばで守ろうとしてくれているからなのも気づいている。

だから、早く謝んなきゃ……。

そう思って、口を開きかけたとき。

「あー、もういい。勝手にしろ」

ひどく冷めた声とともに、その手から解放された。

明らかな拒絶。

「あ……安哉くん」

伸ばした手は、冷たく振り払われた。

今までも喧嘩をすることはたくさんあった。

でも、わたしが安哉くんに背を向けることはあっても、安哉くんがわたしを拒絶するのは初めてで。

しばらく経って、自分が取り返しのつかないことをしたとようやく気づいた。

＊＊＊

タイミングの悪いことに、安哉くんと喧嘩をしたのは金曜日。

週末は、ふたりで朝ごはんの準備をして、一緒に食べて。

午前中は課題をやりながらわからないところは聞き合ったりして、お昼までにはきっちり終わらせて。

お昼ごはんはデリバリーを頼んで、そのあとは安哉くんが入っているサブスクをテレビに繋いで映画を観たり、各々漫画を読んだり。

夕方になったらどちらかが買い出しに出かけて、どちらかが夜ごはんを作る。

今まではそれが当たり前のルーティーンだったけれど……。

本日――土曜の朝。

安哉くんはさっそく不在。

お父さんはもとより家を空けることがほとんどなので、無駄に広い部屋にわたしはひとり残されていた。

きっと桜通連合の本部にでも逃げてるんだろうな……。

朝ごはんを食べていった形跡《けいせき》もない。

外でちゃんと食べたのかな。

お金だけはいっぱいもってるはずだからテキトウに買ってると思うけど。

そんなことを考えながら食パンをトースターに入れる。

いつものように冷蔵庫を開き、卵を取ろうとして、手を止めた。

安哉くんはいないし、わざわざひとつだけ火にかけるのもなあ……。

急に無気力になって、朝は結局食パン一枚で済ませた。

課題を広げると、数学の問題でつまずいた。

安哉くんが理系でわたしが文系だから、いつもお互いにわからないところを教え合うのに、いないと困る。

夕方が近づいて夜ごはんの食材を調達に行こうとしたけれど、安哉くんが帰ってくるかもわからないのに……と、またもや無気力が到来。

結局、夜の九時を過ぎても連絡もナシ、玄関の開く気配もナシ。

どうやら今日は帰ってこないつもりらしい。

最低限、どこに行くとか、何時に帰ってくるとか伝えておいてよ、バカ……！

もとはと言えばひどいことを言ったわたしが悪い。

わたしが悪いのだけど、ここまであからさまに避けられると、こちらもつい意地になって、謝ろうと思っていた気持ちが徐々に薄れていってしまう。

仲直りは……早めが肝心。

わかっているのに、安哉くんの連絡先をなかなかタップすることができず。

その日は、なんのアクションも起こせないまま眠りについた。

――日曜の朝。

相変わらず、安哉くんが帰ってくる気配はない。

昨日電話をかけ損ねたことで、今度は今さら感が出てしまいもだもだして。

悩みに悩んだ末、電話ではなくメッセージを送ってみることにした。

【どこにいるの？】

えい！と送信して、どきどきしながら待つこと……約九時間。

夜の七時になっても、既読すらつかない。

桜通連合の本部に電話をかけてみても、『安哉さんは来てない』との返事。

本部にもいないなんて、じゃあいったいどこに……？

いよいよ焦りが本格的になる。

今度はお父さんの連絡先をタップしてみた。

一分にも渡るコールのあと、『なんだよ』と不機嫌な声が聞こえる。

「あのね、安哉くんが昨日から帰ってこないんだけど、お父さんなにか知らない？

既読もつかなくて……心配で」

『安哉が〜？　知ったことじゃねえよ。忙しーんだからんなことでいちいちかけてくんな』

そう吐き捨てると、すぐに切られてしまった。

ワンテンポ遅れて、じわっと涙が滲《にじ》む。

家族なのに……。

そんなとき、外から聞こえてきたのはサイレンの音。

遠のいたかと思えば、そのあとに続けて何台ものパトカーが家の近くを通りすぎていく。

その中には救急車のサイレンも混じっていた。

「いや、まさか……違うよね」

スマホを握りしめた指先がしだいに冷たくなっていく。

安哉くん……。

さっきまで渋っていたのが嘘のように、ためらいなくその名前をタップした。

……だけど。

『おかけになった電話は、現在電波の届かない場所にあるか、電源が入っていないためお繋ぎすることができません……――』

それを淡々と知らせる音声に、血液がさあっと引いていくのがわかった。

……電源を切ってるだけだよね。

映画館にいるのかもしれない。安哉くん、映画好きだし、案外そういうところしっかりしてるし。

「……っ」

いてもたってもいられなくなって、テレビをつける。

どのチャンネルにしても、それらしきニュースは流れてこない。

なにか事件事故が起こっていたとしても、ニュースとして報道されるにはさすがに早すぎる、よね……。

冷静さを取り戻そうと、いったん深呼吸をする。

それから、スマホを開いて、この周辺の地名と事件・事故のワードで検索をかけた。

トップに出てきた新着の投稿に、息をのむ。

【間《はざま》交差点で、車五台とバイク一台が絡む大規模事故】

【交通規制により、一部区間で渋滞が発生】

バイク……——。

指先が震え始めた。

間交差点は、桜通りからは少し離れているけれど、安哉くんが仲間と〝走り〟に行くときに必ず通るルートだ。

場所は、桜通りと橘通りの、ちょうど中間地点といったところ。

一般人の投稿で写真が何件かあがっているけれど、遠くから撮影したのかぼやけていたり、他の車の陰になったりしていて詳しい状況はわからないものばかりだった。

きっと、大丈夫。

安哉くんじゃない。

安哉くんなわけない……。

落ち着いて。

お風呂に入って眠っていれば、そのうちひょっこり帰ってくるに違いない。

そんな考えとは裏腹に、体は玄関へ向かっていた。

スマホと財布だけを持って外へ出た……は、いいものの、どうしよう。

間交差点まで、歩いて行くには遠すぎる。

そうだ。

桜通りの繁華街にタクシー乗り場があったはず。

と思い出して、まっすぐにそこまでの道を走った。

「あのっ、間交差点までお願いします……っ」

「はい、間交差点ですねー。……あ、今そこでちょうど事故があったみたいで、ちょっと入れるかわかんないですけどお……」

「行けるところまでで大丈夫です！　近い場所まで乗せていただければ……！」

「承知しました。それでは出しますね～」

シートベルトをぎゅっと握りしめる。

「お客さん、なんか顔色が悪いように見えますけど、大丈夫ですか？」

フロントミラー越しに運転手さんと目が合った。

「じ、実は今、兄と連絡が取れなくて……もしかしたら間交差点の事故に巻き込まれてるんじゃないかって……」

「ええっ？　それは大変ですね」

「やっ、ほんと、絶対違うし大丈夫だと思うんですけど……心配でいてもたってもいられなくて……っ」

「そういうことでしたか。わかりました、急ぎます。ご無事だといいですね」

初めはのんびりしている人に見えたけれど、思いのほか誠実な人だ。

さっきまでひとりで不安にかられていたから、それだけで少し救われた気がした。

間交差点が近づくにつれて、だんだんと渋滞がひどくなってきた。

間交差点まで、あと一キロといったところ。

「もう、ここで大丈夫です、ありがとうございました」

「わかりました。道路脇に停めますね」

車が止まり、急いでシートベルトを外す。

メーターに表示された分の料金を差し出したけれど、運転手さんは受け取ろうとしない。

「あの、お金……」

「お代は結構です」

「えっ？　でも……」

「僕、個人でやってるんでこうやってサービスしても怒られないんです。お兄さんのご無事を祈ってますよ、きっと大丈夫」

にこ、と微笑みながら送り出してくれて、うっかり泣きそうになる。

今のご時世でも、まだこんなに温かい人がいるなんて……。

「ありがとう、ございます……っ」

ドアを閉める前に、もう一度顔を見て運転手さんにお辞儀をした。

制帽を深く被っているからよくは見えなかったけれど、誰かの面影によく似ている気がした。


「はあっ、……はあ……っ」

昼間とは打って変わって冷たい風が吹きぬける道を一直線に走る。

息はとっくにあがっているのに、足が止まることはなかった。

数百メートル先に赤いサイレンがいくつも見える。

交差点の真ん中には、横転している車。

すぐ近くに、前方部分が大きく破損しているワゴン車。

その先にはガードレールに衝突した軽自動車。

バイク……は……どこ……？

いざ現場が近くなると、今になって足が竦《すく》んでしまう。

確認するのが怖くて、いったんスマホに逃げた。

安哉くんの連絡先をタップする。

『──おかけになった電話は、現在電波の届かない場所にあるか……──』

やっぱり繋がらない。

「……安哉くん……」

ゆっくりと一歩を踏みだす。

安哉くんじゃないことを確認しに来たのに、確認するのが、怖い……。

「ひどい事故……巻き込まれた人、大丈夫かな～」

「バイクはもうだめだろ、ぶつかったのたぶんトラックだし」

「やばあ、悲惨ーっ！」

周りの人たちのそんな会話が聞こえてきて、足元がふらついた。

救急車が、一台、二台……と現場を離れていく。

……間に合わなかった。

安哉くん、なんで電話に出てくれないの？

無事なんだよね？

喧嘩したまま別れて、もう会えないとか、ないよね……っ？

赤い光が交差する景色が、しだいにぼやけていく。

やがて呼吸もままならなくなり、膝からがくんと崩れ落ちた。

「──さん？　あの女がどうかしたんですか？」

「……いや。べつに」

「なら早く行きましょう、上の連中を待たせてます」

「……そうだな」

少し離れた場所から、また別の会話が聞こえてくる。

わたしのことを言っているに違いない。

彼らの足音が遠ざかっていくのを感じながら、立ち上がろうとつま先に力を込めた。

そんなとき、ふと、誰かが前に立つ気配がして。

相手がゆっくりとわたしの前に屈み込んだ瞬間、鼻先をかすめたのは、ほのかなムスク。

「お前、こんなとこでなにやってんの」

落ち着いた声に、闇を映したような深い瞳。

夜がよく似合う人だと、この場に全く関係のないことを思った。

彼が現れるなんてまさか予想もしていなかったはずなのに、なぜか驚きはしなかった。

この前と同じように、初めからこうなることが決まっていたかのような……妙な錯覚。

彼の極めて冷静な振る舞いがそうさせているのかもしれない。

「間交差点で、事故があったのを知って……。もしかしたら大事な人が巻き込まれてるんじゃないかって……っ、その人と、昨日喧嘩したままずっと連絡取れないから、不安でっ、ここに来ちゃって……」

文脈がめちゃくちゃになりながらも、なんとか伝えようと言葉を紡ぐ。

「車の運転手と同乗者含め四人が重傷、命に別状はなし。バイクに乗ってた奴は、意識不明の重体で病院に運ばれた」

「っ、……――」

刹那、全身を貫かれたような衝撃に襲われて。

それに気づいたのか、相手がわたしの背中にゆっくりと手を回した。

「安心しろ。バイクの男は橘家《ウチ》が追ってた元構成員だ。今回死なずともいずれ始末される予定の男だった」

「元……構成員……って、橘の?」

「そう。だからお前には関係ない」

トーンを落としつつ、その声はとても優しい。

橘家の、元構成員……。

つまり、安哉くんじゃない……。

「よかっ、た……っ」

その瞬間、堰《せき》を切ったように涙が溢れてくる。

人の命がひとつ失われかけている状況で「よかった」なんて、モラルのない発言かもしれない。

それでも、安哉くんが無事で本当によかった。

背中をさすってくれるから、余計に泣けてきてしまう。

大事な人と連絡がつかないという理由だけで、事故に巻き込まれたんじゃないかと過剰に心配して、現場までかけつけて。

挙句、不安のあまり道路脇に倒れ込んで。

違うとわかった瞬間、人目も憚《はばか》らず泣きだす……とか。

わたし……なんて迷惑な女なんだろう。

冷静さを取り戻すと、今度は猛烈に恥ずかしくなってきた。

しかも、観月くん、そばにいてくれてるけど……。


『あの女がどうかしたんですか？』

『……いや。べつに』

『なら早く行きましょう、上の連中を待たせてます』

『……そうだな』

あのやり取り。

今思えば、間違いなく観月くんと、そのお付きの人の会話だった。

つまり観月くんは、一度は離れたあと、時間がないのにわざわざ戻ってきてくれたの……？

「っ、あの……ありがとう、本当に。わたしもう大丈夫だよ」

「どうかな。またぶっ倒れそうな顔してるけど」

「〜っ、そ、その節はご迷惑をおかけして……うう……。でももう本当に平気なので！　それに上の人を待たせてるんだよね？　引き止めておくほうが申し訳なさすぎるから、どうぞ行っちゃってください……」

そこまで言い切ると、観月くんはようやく体を離してくれた。

「わかった。でも帰りはどうすんの。送りの車手配してやろうか」

「い……いや大丈夫！　家すぐそこなんだよね、歩いて一キロ圏内」

まさか桜通りに住んでますとは言えなかから、ここは嘘を吐くしかない。

「そう。じゃー気をつけて」

「……うん、ありがとう」

「あと。泣くほど大事な相手なら、それをそのまま言えばいいんじゃねえの」

そんな声と同時に、肩にふわりとなにかがかけられた。

見ると、スーツのジャケットだ。

「え？　これ……」

顔をあげたときには、観月くんはもうわたしに背を向けて、誰かに電話をかけていた。

まだ冬には遠い季節とはいえ、夜は少し肌寒い。

タクシーから降りたとき、半袖一枚で飛び出してきたのを後悔したことを思い出す。

すごく、あったかい……。

わたしには大きすぎるジャケットが肩から落ちてしまわないように、そっとすそを合わせた。

ムスクの甘い香りに包まれる。

『泣くほど大事な相手なら、それをそのまま言えばいいんじゃねえの』

わたしが、喧嘩したって言ったから、だよね……。

鼓動が高鳴るのを感じながら、夜の街に消えていく背中を見送った。

＊＊＊

スマホが鳴ったのは、それから約三十分後。

タクシーを飛ばしてもらった道を、ひとり歩いて帰っていたときだった。

わたしは目にも止まらぬ速さで応答ボタンをタップした。

「もしもし安哉くん⁉」

『……っ、うるさー……』

「安哉くん……生きてた……」

『はいはい悪かったな生きてて』

「今どこいるのっ？」

『いやこっちのセリフだし。自宅戻ったらお前いないし、ついに家出したかと思ったわ。それか誘拐』

「じ、自宅……?」

呆気に取られる。

わたしは間交差点で事故に遭ったバイクが安哉くんじゃないかと家を飛び出して。

そのあいだに、安哉くんは帰ってきてたってこと……⁉

まさかのすれ違い……。

「安哉くんのバカ……さいあくさいてー……」

真っ先に謝ろうと思っていたのに、そんな言葉が勝手に零れ落ちる。

「連絡もよこさないで出ていって既読もつけないし電話にも出ないし。どれだけ心配したと思ってるの……不安で不安でなにも手につかなかったよ……っ」

『……』

「ねえ、ちゃんと聞いてるの……?」

『聞いてる。これでわかっただろ、おれが毎日どんな気持ちでお前のこと考えてるか』

はっと胸を突かれた。

『裏稼業やってる家なんかに生まれて。いつ正体バレて狙われてもおかしくねえのに黙って別の高校行くわ、すぐ連絡無視するわ。帰りが遅かったらなにかあったんじゃないか……って、こっちは毎日毎日心配ばっかしてんだよ』

『……、……』

しばらく言葉が出なかった。

記憶を昨日の朝まで巻き戻してみる。

朝、目が覚めて安哉くんがいないことに気づいた時点で、すでに漠然とした不安があった。

行き先どころか、帰ってくるのかすらわからず。

そして日曜日。

朝になれば、何事もなかったように部屋で寝ているんじゃないかという期待は、あっさり裏切られて。

組織の本部に電話をかけても来ていないと言われ、お父さんには知ったことじゃないとはねのけられ。

そして、トドメをさすようなタイミングで間交差点での事故のニュースを知った。

普通の家庭なら、あそこまで過剰に不安になることはないと思う。

でもウチは特殊だから——他の家庭より人の死に触れる機会が多い仕事をしているから。

事件事故の知らせを受けた際の、〝もしかして〟の可能性がどうしても大きくなってしまう。

血の繋がった家族。

かけがえのない大事な人。

失うかもしれないと思ったとき、どんなに怖かったか。

わたしが今までどれだけ安哉くんに守られてきたのか。

……ようやく思い知った。

『泣くほど大事な相手なら、それをそのまま言えばいいんじゃねえの』

ふと、観月くんの言葉が頭をよぎる。

「いつも不安にさせて……ごめんなさい」

『うん』

「金曜日……安哉くんの言うこと聞くのウンザリとか、干渉しないでとか、ああ言ったのは本心だよ。でも、それだけじゃないから……。安哉くんのこと、本当に、大事だから」

『……うん』

「いつも気にかけてくれてありがと……ね」

『あー、もうわかったから。さっさと位置情報送れよ。迎えに行く』

照れ隠しなのか、若干早口でそう言いながら電話が切られた。

そして数分後、お馴染みのエンジン音が聞こえてきて、一台のバイクがわたしの隣で停止する。

「よかった。安哉くんもバイクも無事で」

「ニヤついてないで乗れ。おれはまだ課題が終わってない」

その言葉に、あっと思い出した。

「っ、わたしも終わってない！　数学、安哉くんに聞こうと思って放置してたんだった……っ」

「今日は教えてる暇ない。少しは自分で考えろ」

「ええ……でも安哉くんだってわたしがいないと英語の課題できないじゃん」

「……くそ、わかった。教えるからマジで早く乗れよ、時間ねえんだよ‼」

さっきまで泣きそうになりながら安哉くんの安否を心配してたのに。

今は、日曜の夜に課題が終わってないというピンチにふたりで焦って。

平和すぎて、バイクの後ろに跨りながら笑ってしまう。

「つーか……そのジャケット誰の」

「っ、……」

今はまだ、隠し事も多いけど。

「あーこれお父さんの。寒かったから勝手に借りて羽織ってきたんだよね～……」

いつか、全部打ち明けられるといいな。

そう思いながら、安哉くんの腰にぎゅっと腕を回した。

愛か、欲か

なんとかふたりで課題を終わらせて、平和に月曜日がやってきた。

安哉くんと仲直りできたし。

安哉くんのおかげで、数学の課題もばっちり。

これで授業中に当てられても大丈夫。というか、むしろ当ててほしいまである。

そういうわけで、本日の気分は最高に清々しかった。

「今井、おはよ」

「あっ、佐藤くんおはようっ！」

「……っ」

清々《すがすが》しすぎて、自分でもびっくりするくらい弾んだ声が出てしまう。

「今井どうした、今日明るすぎないか」

「えっ……ごめん。……ちょっとテンションがおかしかったかも」

「いや全然いいけど。てかそっちのが好き。……で、なんか嬉しいことでもあったわけ？」

「嬉しいこと……そうだね、数学の課題を全部やれたこと、かなあ？」

ノートを取り出して、じゃーんと遥世くんに見せるも、返ってきたのは微妙な反応。

「おー、それは本当によかったね」

翻訳機を使ったような日本語を言わせてしまい申し訳ない気持ちになる。

「佐藤くんは……いつもとお変わりなく、だね」

「いやこう見えて今日は結構参ってる」

「参ってる？」

「昨日、組の上層部からの御達しで雑務に駆り出されてさー、結局徹夜でバカ寝不足」

「そ、そうだったんだ……お疲れ様……。そんなに大変だったなら、学校休んでもよかったんじゃない？」

遥世くんは教室では優等生だし、一日休んだくらいで成績に支障はでなさそう。

「休みたかったんだけど、今井の顔見たほうが元気になると思って来た」

「わ、わたしの顔……？　わたし、そんなにおもしろい顔してるかな……？」

「あー、遠回しに言ったのが悪かったな。今井に会いたかったから来たんだよ」

長い前髪をかきあげながらそんなことを言う遥世くん。

たしかに、疲れているときは友達の顔を見ると癒されたりするのかもしれない。

「じゃ……あ、佐藤くんの疲れが取れるようにパワーを送るね」

「今井、わざと話逸らしてる？」

「へ？　全然逸らしたつもりないけど……。あ、パワー送れとかじゃなくて、代わりに板書とってとかそういうこと⁉　全然やるよ、任せて！」

「…………」

「…………？」

なにやらジト目で見つめられてとまどう。

「板書はとらなくていい」

「え……」

「でも僕を労わってくれるってんなら、保健室付き添ってよ」

「うん、いいよ。しっかり休んだほうがいいもんね」

「………」

あれ、また微妙な反応だ。

「いいの今井、本当に連れてくよ」

「え、うん。ちゃんと付き添うよ。今から行こっか？」

目を逸らされたので追いかけると、さらに逸らされた。

「……佐藤くん？」

「もういいよ。今井は危機感なさすぎ」

「危機感？」

今度は返事の代わりにため息がきた。

さっきから会話が噛み合ってない。

頭が回らないほど疲れてるのかな……。

そういえば、昨日は観月くんも忙しそうにしていた。

スーツを着ていたし、連合だけじゃなく組織ぐるみの大きな会合でもあったのかもしれない。

「ていうか朝方、観月が熱でぶっ倒れやがって、そのしわ寄せが僕に回ってきて。学校始まるまでになんとか終わらせたけど、まーじで疲労~困憊」

「……え？」

遥世くんの言葉を反芻して、いったん思考が停止する。

「今……なんて」

「うん？　だから、朝方に観月が熱でぶっ倒れて――」

「ええっ⁉」

観月くんが熱で倒れた……。

昨日の夜、あれが夢でなければわたしは観月くんに会った。

いつもとなんら変わらないように見えたけど、具合が悪かったの……？

……というか。

どう考えてもわたしにジャケットを貸したせいで悪化したんじゃ……。

「今井？　どうしたの今度は顔が青い」

「ま、まさか……観月くんが熱で倒れていらっしゃったとは思わなくて……。昨日の夜、冷えたから……かな」

「あー。いや、なんか土曜からすでに具合悪かったっぽい。あいつ倒れるまで顔色ひとつ変わらんから、こっちも全然気づけないんだよなー」

「そ……うなんだ、へえ」

てことは、……てことは。

やっぱり、具合が悪かったにもかかわらず、わたしにジャケットをかけてくれたんだ。

どうしよう。

わたしがあの場に現れたせいで……。

さっきまでの清々しい気持ちは一変。

罪悪感だけが募る。

それから、授業中も休み時間も観月くんのことが四六時中頭から離れなかった。

あのビルにはもう行かないと宣言したものの、ジャケットを借りたせいで、返す機会が必要になってしまった。

ジャケットは今朝学校に行く前にクリーニングに出してきた。

高級スーツだったので専門コースでお願いしたところ、仕上がりは一週間後と言われた。

だから、一週間後の月曜日にお礼を兼ねて渡しに行くのを最後にしようと思っていた……のに。

わたしのせいで体調を崩したと知ってしまった以上、一週間も知らん顔でやり過ごすのはいささか良心が痛む……ような……。

「今井、ちょっとい？」

終礼後、帰り支度をしていたら遥世くんにこっそり声をかけられた。

そして、渡されたのはなにかカードのようなもの。

「これなに？」

「うちの本部のエントランスキー」

「えっ」

「僕、今日夜からバイト入ってんだけど、体力限界だからいったん帰って仮眠取りたくて。だから、観月の様子見に行ってやってくんないかな」

「昨日は楓くんもルリも駆り出されてたから今日学校休んでんだよね」

遥世くんの言わんとしていることはわかるけど……。

「でもわたし完全に部外者だよ……？」

「今井のことはみんな信用してるからいい」

「……っ」

信用、という言葉がぐさりと胸を刺してくる。

わたしは桜家の直系の血を引く娘で、みんなのこと騙して一緒にいるんだよ。

それだけに留まらず、橘家の情報を横流しするために橘観月と寝ろ、との命令まで受けてるんだよ。

今のところ実行する予定は、まだないけども……。

「人のこと……簡単に信用しないほうがいいよ……」

「ん？　なんて？」

「……ううん、なんでもない」

迷いながらもエントランスキーを受け取った。

「な……っええ⁉」

「観月くん、病院とか行ってないの？」

「たぶんね。ぶっ倒れたあと、あの部屋に放り込んできただけだから」

「ええっ、それって大丈夫なの⁉」

「それが心配だから一応見に行ってやってくんないかなって」

熱で倒れたあとにひとり放置……。

たとえわたしが負い目を感じていなかったとしても心配すぎる案件である。

「わ、わかった。じゃあちょっと様子を見てから帰ります」

「助かるー、マジありがと。水とか食料とかそのへんは揃ってるはずだから必要だったら好きに使って」

それだけ言うと、遥世くんはそそくさと教室を出ていってしまった。

改めてまじまじとエントランスキーを見つめる。

罪悪感から引き受けてしまったけど……。

わたし、観月くんにもうここには来ない宣言しちゃったんだよね……。

ジャケットを返すでもなく現れたら、不審に思われないかな……。

でも、昨日のお礼も言いたいし。

なにより、体の健康にはかえられないよね……っ。

＊＊＊

現在、午後六時を少し回ったところ。

旧橋通りの荘厳なビルの前にて。

扉の前で何度深呼吸をしたか、もう覚えていない。

人通りが少ないとはいえゼロではないから、あんまり扉の前でウロウロしていると不審がられるかも。

そう思って、最後に手のひらに〝人〟を三回書いて、ごくりとのみ込んだ。

左手には遥世くんから預かったエントランスキー。

右手には、コンビニで調達した栄養ドリンクやゼリーや薬やらエトセトラ。

水や食料は揃っているというハナシだったけれど、なるべく風邪に効きそうなものがいいと思って買ってきてしまった。

「それでは、お邪魔します……」

ピ、とカードをかざせば、重たそうな扉が音もなく開き。
ワインレッドのカーペット、左右に跨る大理石の階段、アンティーク調の鏡や絵画、それからシャンデリア。

……と、もう見慣れた景色がわたしを迎えてくれる。

相変わらず現実味のない場所。

ここに入ると、正常な判断力が失われていく気がするんだよね……。

コツ、コツ……とローファーの音を響かせながら階段をのぼる。

幹部様たちがいつもくつろいでいるのは、二階の角部屋。

扉の前に立つと、ふたたび足が竦んでしまう。

わたしが来たって、迷惑なんじゃ……。

そう思いながらも、ここまで来たんだし、と己を奮い立たせて、扉を三回ノックした。

少し待ってみても返事はない。

もう一度ノックしてみたけれど、結果は同じ。

「あのー……観月くん？　いますか？　今井です……。もしもし～……」

扉のすれすれまで耳を近づける。
……物音ひとつ聞こえない。
もしかして中で倒れてたりとか……。
その光景が頭をよぎって、さあっと血の気が引いた。
「観月くん……!!」
扉を思いきり開け放って部屋に飛び込んだ。
視界に収まる範囲に彼の姿はない。
そうだ。
観月くんはいつも部屋の隅にあるソファで本や資料を読んでたはず。
急いで移動すると、案の定。
ソファをベッドのようにしてぐったり横たわる観月くんがいた。
広いソファから、腕が、だらりと力なく落ちている。
……っ、生きてるよね？
駆け寄って、すぐさま頸動脈《けいどうみゃく》に指先を当てた。
よかった……っ、脈はある。

でも昔、安哉くんが、脈があるからって意識があるとは限らないって言ってたような。

「観月くん……声、聞こえる？　大丈夫……っ？」

耳元で声をかけると、うっすらと瞳が開いた。

「……なんでいんの」

「っ、観月くんが倒れたって聞いて……。でも遥世くんたちは昨日の業務の疲労で動けない感じだったから、代わりにわたしが様子を見に……」

「………」

「め、迷惑なのは承知なのですぐ帰るよ！　栄養ドリンクとかゼリーとか色々買ってきたから、体に入りそうなものを選んで食べてもらえればと」

ビニール袋を差し出せば、観月くんはゆっくりと上体を起こして。

「わざわざどうも」

そう言いながら、一本のスポーツドリンクを手に取ってくれたので、ホッとする。

「えっと……昨日は大変だったみたいだね。組織の会合かなにかあったの？」

「いや。でかいイレギュラーが起こったって感じだな」

「そうなんだ……。大変だったね」

イレギュラーな事態はうちでも時々起こるから同情できる。

まだ幼いながら対応に駆り出された安哉くんが、地獄を見たような顔で帰ってきたこともあった。

「そういうお前は、昨日はちゃんと帰れたの」

「あ、うん、おかげさまで！　それに、観月くんのおかげでちゃんと自分の気持ち言えて、仲直りもできたよ、本当にありがとう」

……よし。

観月くんの無事は確認できたし、昨日のお礼も言えたし。

これでとりあえずミッションコンプリート。

観月くんの機嫌を損ねる前に、さっさと退散するとしよう。

あと、言い残したことは……。

「食べ物とか薬とか、全部ここに置いとくね」

「…………」

「あっ、それと。ジャケットありがとう！　でも、わたしに貸したせいで体調悪化しちゃったんだよね。本当にごめんなさい……。なんか、わたしがここに来てから観月くんのお手を煩わせてばっかりで、本当に申し訳ないです……」

深く頭を下げる。

「ジャケットはクリーニングに出したんだけど、仕上がりが一週間後らしいから、また一週間後に来ます……。それじゃあ、これで失礼し――」

言葉が途切れてしまったのは、観月くんに手を掴まれたから。

そして。

「一週間も来ない気？」

と、わずかに甘えをはらんだ声でそんなことを言われたから。

嵐のごとく胸の奥がざわめいた。

やっぱりこの人は危険だ。

熱で弱っているし、視線でがんじがらめにされることはないだろうと油断していたら。

……この有様。

どきどきが全身を支配して思考回路すらぐちゃぐちゃにしていく。

「えぅ、だって……わたし部外者だし」

「悪いと思ってんでしょ。ならもっと俺に尽くして」

「尽く……す……？　どう、やって……？」

尋ねたと同時に手を取られ。

体がバランスを崩した、と思ったときには観月くんの腕の中にいた。

普段は淡々としているくせに、こうやって不意に強引な一面を見せられると、どうしようもなくどきどきする。

熱っぽい視線を向けられると、息が詰まったように言葉がなにも出てこなくなる。

この人の一挙一動に翻弄《ほんろう》される自分が恥ずかしい。

でも、もう、どうにもならない。

思えば初めて会った瞬間から、わたしの心はすべて観月くんに奪われていた気がする。

「観月……、っん、……」

呼びかけた名前は熱にのみ込まれ。

甘い感覚がじわりと広がる。

離れたかと思えば、角度を変えて再び落ちてきて。
「っ、……うぅ」
唇から伝わる温度が頭に達して、早くもくらくらし始めた。
全身が火照る。
観月くんの熱が移ったみたい。
指先が頬に触れて、表面を優しくなぞった。
ただそれだけのしぐさに、心臓がゆるく掴まれたようにぎゅっと苦しくなる。
——抗えない。
抗えないどころか、応えたいと思ってしまう。
わたしはたぶん、この人のことが好きなんだと思う。
「——あゆあ、」
不意に囁かれたその声に、なんの前触れもなく涙が溢れた。
視線が絡む。
観月くんの瞳の中にわたしがいる。
その奥に映るのは愛情なのか、それともただの欲望なのか。

涙で視界がぼやけていてよかった。

今はまだ……知るのが怖い。

見つめ合う時間が永遠にも思えたそのとき、黒い瞳がわずかに揺れて。

奥底に隠れている彼の本心が、一瞬、垣間《かいま》見えた気がした。

あ……、どう、しよう。

固く鍵をかけるつもりだった気持ちが溢れていくのを感じる。

暴かれたい、暴かれたくない。

矛盾《むじゅん》するふたつの間で感情がかき乱される。

指先がわたしの涙の痕《あと》を優しくなぞり。

それから、その部分に、静かに唇が触れた。

「……っ！」

均衡を保っていた天秤が、とつぜん、がたん！と音を立てて崩れる。

気づいたときには、観月くんのシャツをぎゅっと掴み、こちらに引き寄せてしまっていて。

「え……？　っあ、ごめ……んなさ——」

慌てて手を離そうとしたのに、激しいキスで遮られた。

「や……ぁ、……んぅっ」

視線が絡んで、熱が絡んで。

酸素が足りなくて、くらくらして、もうずっと苦しい。

乱れた呼吸が整わないうちに、次から次へと熱が入り込んでくる。

「観月くん……っ、もう、息できな……」

がんばって目を合わせながら懇願してみたけれど……。

どうしてか、逆効果、だったみたい。

「あー……やば、」

「……え？　……んんっ……」

もともと火照っていた肌が、さらに熱くなるのを感じる。

体の内側にも熱がじわじわと侵食して、ずっとキスをしているはずなのに、なにか足りないような寂しさが募っていく。

拒もうと思えば拒めるのに、できない。

苦しいのに……やめないでほしい。

足りない……もっと。

——戻れないところまで落ちてしまった。

スカートの内側に入り込んできた手のひらに、びくりと肌が揺れる。

「や……っ」

甘いキスによって理性が失われかけた状態でも、さすがに羞恥《しゅうち》が芽生えた。

急いでその手を握って待ったをかけるも、ぜんぜん止まってくれない。

「やぁ……、だめ……」

まだ誰にも触れられたことのない部分に指先がゆっくり移動していく。

バクン、バクンと、心臓がうるさい。

壊れそう……。

すれすれの部分を撫でられて、思わず身をよじる。

声が零れそうになり、慌てて唇を噛んだ。

でも、そんなわたしを試すように、さっきよりも少し強い力で、深いところに触れてくるから。

「……っ、あぁっ…」

堪えきれなかった声が静かな部屋に響いて、恥ずかしさで思わず涙が滲む。

体の中心がさらに熱をもって、奥のほうで燻《くすぶ》るのを感じた。

それと同時にもどかしさが増していく。

初めての感覚にとまどって、もうどうしたらいいかわからない。

「やめて……っ、も、だめ……」

「へえ。だめってなにが」

「……え？　なにがって……と、とにかくだめなの……っ、さっきから体ヘンで、
これ以上、されたら……」

「これ以上されたら……なに？」

「～っ、ひぁっ、！」

突然の強い刺激に、景色が一瞬かすんで見えた。

「はは……ここが好きなんだ」

「……っ、ん……あぁっ」

容赦なく攻め立てられ、その部分にじわりじわりと甘い感覚が広がっていく。

それと同時に、いつの間にかはだけていた胸元に唇が落とされた。

どこかに流されるんじゃないかと思うほどの激しい熱が押し寄せてきて。

怖くなったわたしは、観月くんの体にすがるように腕を回す。

「やっ！っ、ぁ、～っ」

「みづきくん、っ」

「……あー、可愛い、もっと俺の名前呼んで」

「～っ、ぅ、……」

ああ、ひどい。

とてもひどいのに、どうしようもなくどきどきする。

だいたい、観月くんは〝可愛い〟なんて言葉を使う人じゃないはず。

わたしの知っている観月くんはいつだって冷めた目をしていて、感情を表に出さなくて。

だから……こんな風に誰かを求めたりしない。

どうやら熱のせいでおかしくなってしまったみたいだ。

甘い視線も、甘い声も、甘いしぐさも……。

全部熱のせいなのに、もしかしたら、とか期待して本当に馬鹿みたい。

そうだ。

それならいっそ、こちらも〝任務〟だとわりきって接すればいいんだ。

わたしはあくまで観月くんを利用しているだけ。

そう思えば、傷つかなくて済む、かも……。

「……なに目逸らしてんの」

「っ、ゃ……」

「あーあ、涙止まんなくてかわいそう」

体温が離れていくのを感じて、とっさに手を掴んでしまう。

もう完全だめ。

ぜんぜん制御できない。

猛烈な恥ずかしさでいちだんと涙が零れてくる。

そんなわたしを見て、観月くんがくすっと笑った。

「なあ、この手なに？」

「……っ！」

「さっきまでやだって言ってたのに」

「あ、……っ、あぁ」

あくまで弱い力で周辺を撫でられる。

「やめていいの？」

「うぅ……、っや、だめっ」

焦らされて焦らされて、もうおかしくなりそう。

「はは、やめるのがだめ？」

「うん、だめっ、……もっとして、っ」

むせ返るほどの熱に包まれたら、もう求めずにはいられなかった。

今のは演技だから……と、自分に必死に言いきかせる。

「お前、夜になるとずいぶん可愛いな」

言い訳をする隙もろくに与えてもらえず、唇が落ちてきて。

同時に、今までで一番甘い刺激が走った。

「っ、ゃあ、～～っ、！」

思わず腰を引くけれど、すぐに掴んで引き戻される。

「可愛い……。もっとそば、きて」

「ひぁ、っ、待って……っ、んんっ」

「あー……こんなに感じやすいとは思わなかった」

「はぁっ……ぁ、っ」

キスをしながら攻められて、甘いのと気持ちいいのがいっぱい広がって。

思考がほとんど追いつかない。

でも、とても恥ずかしいことを言われている気がする。

可愛いとか、思ってもないこと言わないでほしい。

わたしを安哉くんの妹だって疑ってるから平気で騙すようなことをするんだ。

期待しちゃだめ。

信じちゃだめ。

敵なんだから……。

抵抗しなきゃと思うのに、息をするのが精一杯で……。

そんなとき、

「――……俺が初めてなんじゃなかったの」

急にトーンの落ちた声が耳元で響いて、ぞくりとしたものが背中を駆け抜ける。

どこか憂いを帯びた瞳に見つめられ、心臓がまた激しく揺れた。

はじめて……初めて、……って。

鈍い頭を必死に働かせる。

そういえばこの前、初めてだからわからない、というようなことを観月くんの前で口走った気がする。

初めてなんじゃないのかって……。

当たり前に初めてだけど……あれ？

どうしてそんなことを聞くんだろう。

「観月く――、」

口を開きかけたとき、観月くんの目が突然焦点を失ったように虚ろになったかと思えば。

体がぐらりと傾いて、こちらに倒れ込んできた。

「観月くん……？　っ、観月くんっ⁉」

熱で力が入らないのか、わたしの腕の中でぐったりとしたまま動かない。

自分の肌も火照っているせいで気づかなかったけれど、改めて触れるとすごい高熱だ。

どっ、どうしよう！

誰かに電話……。

でも、わたしが持っている連絡先はお父さんとお母さんと安哉くんのみ。

薬はあるけど、市販薬は気休めにしかならないだろうし……。

やっぱりお医者さんに看《み》てもらって、点滴とかしてもらったほうがいい……よね。

頭が真っ白になっていたところに、テーブルの上のスマホが鳴った。

観月くんのだ。

手を伸ばしてみると、画面に表示されたのは【遥世】の二文字。

緊急事態だから、いいよねっ⁉

思い切ってその画面をスライドする。

「もしもし遥世くんっ？」

『……え、今井？』

「どうしようっ、観月くんすごい熱なの！　ぐったりしててつらそうで、ど、どうしたら……」

『まじか、わかった。今そっちに医者を向かわせるから待ってて』

「っ、ありがとう」

『いや、こっちこそ見に行ってくれてありがと。僕も家に帰ったはいーけどなんか心配で寝るに寝れなくてさ、気づいたら電話かけてた』

スマホの向こうで苦笑いしている姿が目に浮かぶ。

『じゃ、悪いけど医者が来るまでのあいだもうちょっとよろしく』

通話が切れて、ひとまず胸を撫で下ろした。

電話をかけてくれて本当によかった。

遥世くんにとって、それほど大事な友達なんだろうな……。

そういえば、楓くんのことはくん付けで呼んでた気がするけど、観月くんのことは呼び捨てだよね……。

そんなことを考えながら、じっと観月くんの顔を見る。

息が浅い。

苦しそう……。

その髪をそっと撫でた。

『あー、可愛い、もっと俺の名前呼んで』

ついさっきの記憶がよみがえる。

『あゆあ』

「……っ」

観月くんが倒れなかったら、わたし、どうなってたんだろう……。

観月くんにとっては、遊びだったんだろうけど。

あんなに甘いことをされたら、忘れられなくなっちゃう……。

――ううん、大丈夫。

これは任務だから。

そう言い聞かせて。

わたしは今度こそ、自分の気持ちに固い固い鍵をかけた。

恋か、憧か

「ねえ、あゆ先輩ってさ、好きな人いる？」

それは、あれから一週間後の金曜日——お昼休みのこと。

予告もなくわたしの教室に現れたルリちゃんとご飯を食べていたら、突然そんなことを尋ねられ。

「んん……っ」

びっくりした反動で、ご飯を胸に詰まらせてしまった。

ルリちゃんはいつも突拍子がないから恐ろしい。

加えて有名人なので、クラス中の視線を集めてしまっている。

この一年とちょっとで磨き上げたわたしの存在感の薄さがあっけなく無駄になった。

　そして遥世くんは当然のように知らん顔である。

「わたしはいないけど……、てことは、ルリちゃんは好きな人いるの？」

「うーん……、なんか最近これって人がいなくて～。強いて言うなら一番はあゆ先輩かな？」

「ええっ、ありがとう。あまりにも恐縮すぎるけど……」

「あゆ先輩ってホントいい女だよね～」

　いやいや、どう見てもルリちゃんのほうがいい女だよ……っ？

　と、突っ込みかけたけれど、まじめな顔をして言われるものだから素直に照れるしかなかった。

　だけど、ナンパからたまたま助けただけでいい女なんて、いくらなんでも過大評価がすぎる。

「あたし別にあゆ先輩が強いからって好きになったわけじゃないよ」

　心を読んだかのようなタイミングでそんなことを言われて、びっくり。

「ナンパ男をやっつけてくれたときも、もちろんすごい！　かっこいい！ってなったけどね、一番嬉しかったのは、助けようとしてくれたこと」

「え……？」

「あゆ先輩って見るからに目立つの苦手って感じじゃん。大通りの揉め事に突っ込んでいったら人目を集めるって絶対わかるのに、それでも『その子嫌がってますよ』って声かけてくれた」

「っ、それは……だって」

ルリちゃんが嫌がってるように見えたから、助けなきゃって、思っただけで……。

「みんなさ、あゆ先輩が思ってる以上に他人事なんだよ。あたしに好きとか可愛いとか言ってくれる人も、街であの場面に出くわしたってきっと助けてくれない」

「え……そんなことはないと思うけど」

「そうなんだって。実はね、あゆ先輩が声かけてくれる前に、偶然元彼があの場所通って目が合ったんだ〜。でも、ナンパ男の顔見るやいなや気づかないフリしてどっか行っちゃった」

すぐには言葉が出なかった。

その元彼さん、ちょっとひどくない……？

とは思いつつ、ルリちゃんの昔好きだった人を貶《けな》すのは違うと思って口をつぐむ。

そんなわたしを見て、ルリちゃんがくすっと笑った。

「ほら、今も大事に言葉選んでくれてるでしょ？　たぶんだけど、あたしの元彼を悪く言うのは申し訳ないな〜とか考えてたんじゃないの？」

「……っ、え！」

「あははっ、やっぱり図星だ！　ほんとにそういうとこ、だーいすき」

そう言うと、ルリちゃんは少し赤くなった顔を両手で隠すようにしてはにかんだ。

「そんな大層な人間ではないよ……」

謙遜ではなく本当にそう思う。

「でも……すごい嬉しい、ありがとう」

返事をしながら、少しだけ泣きそうになった。

「うん……それで、だからねっ？　あゆ先輩には幸せになってほしいな〜と思って、だから、好きな人いるのかな〜って」

「ん――……、えっと、どうしてその流れで好きな人のハナシに？」

「もちろん！　応援したいからだよ！」

「なっ、気持ちは嬉しいけど……さっきも言ったように、いないですよ」

「え~怪しいよー。だって、あたしが聞いたとき、見るからに動揺してたじゃん。あれはいる人の反応だと思うなーっ」

洞察力に恐怖する。

さすが……伊達《だて》に橘通連合の幹部はやっていないみたい。

「ん~~そうだな、遥世くんとかどう?」

「は、遥世くん?」

どうしてここで遥世くんの名前が?

首を傾げるわたしに、ルリちゃんがそっと顔を寄せてきた。

「あたしが思うに、遥世くんてあゆ先輩に気があると思うんだよね」

そう耳打ちされ、しばし思考が停止しかける。

いくら考えても現実と結びつけるには難しかった。

橘通連合の本部にお邪魔したことをきっかけに話すようになったけれど、今までそんな素振りは全くなかった。

さっきまでルリちゃんの洞察力に感心してたけど……これだけはどう考えても違うと思う。

「どう考えても違うと思うよ」

思ったことをそのまま口に出す。

「いや、違くないと思う！　だって遥世くん、けっこう前からクラスに気になる子いるって言ってたもん」

「えっ、そうなの？」

あの淡々とした感じの遥世くんに好きな人がいるのはちょっと意外だけど……。

「このクラスには三十人も生徒がいるんだよ？　絶対にわたしじゃないよ」

「えー？　でも、優しくて運動神経よくて可愛い子って言ってたからあゆ先輩しかいなくない？」

「……。あの、おだててもなにもあげられるものは持ってないよ……？」

「あゆ先輩がここにいてくれるだけで十分だよ！　ってかおだててないし！」

どこまで本気かわからないルリちゃんの言葉を、まあまあ、と受け流してお弁当を食べ進める。

この会話の流れをどうにか変えなくては。

「あ、そういえば楓くんは元気？　最近姿見てない気がするんだけど……」

「あーお兄ちゃん？　元気も元気だよー。学校には来てないけど、毎日女の子とっかえひっかえしてる」

「あはは……。あの美貌と色気だったら女の子がほっとかないもんね」

「いい加減にしてほしいよ～。妹のあたしが言うのもあれだけど超美形なんだから、観月さんみたく観賞用のポジション築けばいいのに」

予期せず出てきた〝観月さん〟に、心臓がドキリと跳ねる。

――観月くんに会ったのは、様子を見に行ったあの日が最後。

遥世くんの話によれば、観月くんはあれから点滴を打って回復したらしいのだけど、その後すぐに橘家の本邸に引き戻されたらしい。

先日起こったイレギュラーな事態の対応に追われているとかで、しばらくはビルにも顔を出さないだろうと遥世くんが言っていた。

だからこの一週間は、ずっと寂しいようなホッとしたような、どっちつかずの気持ちだった。

「……あゆ先輩？　急に黙り込んでどうしたの～」

「っ、あ、ごめん！　たしかに、観月くんは専ら観賞用って感じだよね……」

「んね、もはや偶像みたいな美しさだよねー。しかもめっちゃガード固いの！　この前繁華街歩いてるときに芸能人級の綺麗なおねーさんに声かけられてたんだけど、ばっさりスルーしてた！」

「えっ……、へえ～、そうなんだ」

観月くんはそこにいるだけでオーラがすごいから、繁華街を歩いたら目立つこと間違いない。

容姿だけでも美しいという次元をとうに超えていてもはや怖いレベル。

姿を見た瞬間、誰もが高嶺《たかね》の花だと瞬時に理解すると思う。

観月くんが他人をばっさりスルーしている様子はなんとなく想像できた。

ルリちゃんの言う〝偶像〟という表現がまさにぴったりだ。

容姿だけでなく、しぐさや表情、それから声までも、すべての美しさが洗練されすぎている。

あまりに気高いからこそ、女性を侍らせて遊んでいる姿が似合わない。

似合わない、というか、まるでイメージが湧かない。

そう……わたしの知る橘観月くんは、そういう人だ。

だから……。

『……あー、可愛い、もっと俺の名前呼んで』

あれはまやかし。

芸能人級の綺麗なお姉さんでさえだめだったのに、本来わたしなんかが相手にされるわけがない。

一度はもう来るなと言っていたのに、二度目も三度目もあっさり受け入れて。

わたしが弱っていると優しい言葉をかけて、上着まで差し出して。

甘く触れて、名前を呼んで、キスをして……。

やっぱり、おかしい……よね。

ただの気まぐれだとか、熱のせいだとか。

そんな理由であれば、まだ〝優しい〟。

なにか……もっと、裏があるんじゃないの。

……たとえば、わたしと同じように。

〝桜安哉の妹〟に近づくよう命令されていたとしても……なんらおかしくない。

「――てことで、あゆ先輩オッケー？」

背中が冷たくなったタイミングで顔を覗き込まれ、ハッと現実に戻った。

「えっ……、うん！」

なんのことかもわからないまま、反射的に頷いてしまう。

「いやっ違う、ごめん！　ぼうっとして話聞けてなかった」

「あははっ、正直～」

「うぅ……。それで、オッケーとは」

「今日、久々に本部に来てほしいなって」

「ああ……本部……かあ」

桜家の血を引く者としては断るべき。

だけど、もはや今さらな感じも否めない。

それに、これまでは家庭事情を理由に距離を取ろうとしていたけれど、最近はルリちゃんや遥世くんと過ごす時間を純粋に楽しんでいる自分がいる。

今は、どうせ観月くんもいないし……。

ちょっとくらいいいかな、なんて。

「じゃあ……お邪魔しようかな」

「やったー楽しみ！　約束だからね！　あ、遥世くんも誘っちゃおうよ！　……と思ったけど、どこいるのかな？」

教室をぐるりと見回したルリちゃん。

「遥世くんなら左から二列目の五番目にいるよ」

「……。……えっ、あれっ⁉」

ルリちゃんが大声でアレ呼ばわりしながら指さしたことで、クラスにいた人の視線が一斉に遥世くんに向いた。

さすがの遥世くんもびくっと肩を震わせる。

わたしは慌てて耳打ちした。

「だめだよ……！　遥世くんは教室では正体隠してるらしいから……っ」

「っ、やば！　やっちゃった！」

ルリちゃんがさっと目を逸らしたので、なんとかことなきを得た。

「しょーがない。遥世くんはラインで誘っとくね」

スマホにメッセージを打ち込むルリちゃんを見ながら、わたしは再び考え込む。

……誘いを受けても、大丈夫だよね？

観月くんはわたしの正体に気づいて近づいてきたんじゃないか……とか。

さっきそんな可能性も疑ったけど。

きっと考えすぎだよね。

安哉くんの妹だって怪しまれる要素はないはずだし。

しかも、相手はあの橘家の息子。

もし正体に気づいているなら面倒なことはせずに、とっとと締めあげて、拷問なりなんなりして吐かせているに違いないもん。

間もなく、キーンコーン……と予鈴が鳴った。

「じゃあ先輩、また放課後ね！」

大丈夫。

再度自分に言い聞かせてから、ルリちゃんを見送った。


放課後、ルリちゃんが来るのを待っていたところに、遥世くんから声がかかった。

「今井」

終礼が終わってもう十分以上経っているので、教室の人はまばら。

「ルリ、補習だってさ」

「ええっ、また？」

「あいつ地頭は悪くねえんだけど、勉強しないからなー」

「そうなんだ。……てことは今日は中止……」

「になると思うか？　相手はルリだぞ」

「……お、思わないかも……」

ため息とともにスマホの画面を見せられた。

「【ごめん補習引っかかった！　あゆ先輩とふたりで先に本部行っててー！】だってさ」

「なるほど……。じゃあ、ふたりで行こっか？」

遥世くんの顔を覗き込むと、黒縁メガネ越しに目が合った。

相変わらず涼しげで綺麗な目元だなあ……。

しばらく見惚れていると、慌てたように片手で隠されてしまった。

「……今井サン、あんまり見つめられると困るんですけどね」

「っえ！　あ、ごめん！　綺麗な目だなと思って……」

「はあ。すぐそういうこと言う」

「ごっ、ごめん……嫌だったかな」

「僕だけにならいいよ」

「え？」

聞こえなかった。

首を傾げてみる。

「……なんでもない。それより早く行こ」

そう言って手をとられた。

異性にそうされることが初めてなせいで、一瞬どきっとしてしまう。

だけど、遥世くんはただわたしを教室の外に誘導しただけで、その手はすぐに離れていった。


「昼休み、ルリと僕のハナシしてただろ」

繁華街を抜け、旧橋通りに入ったタイミングでそう言われた。

「はい……。ルリちゃんが遥世くんも誘おうって言いながら教室を探してたから、つい席を教えちゃって」

「そんなことだろうと思った」

「……ごめんね」

「いいよ。今井は悪くないし、ルリに困らされるのには慣れてる」

そんな会話をしながら歩く旧橋通り。

相変わらずゴーストタウンのようにひと気がない。

どうして橋通りじゃなくて旧橋通りに本部を置いたんだろう……と初めは疑問だったけれど。

考えてみれば、安哉くんでもそうするだろうな……と。

本部とか執行部とか、大事な機関ほど人目につかない場所に建てるべきだ……とかなんとか、大昔に聞いたことがある。

うちの本部だって、桜通りの中でも奥まった所にあるし。

結局、どこの組織も似たような感じなんだなあ……。

と思いつつ。

だけどそういえば、うちの組織は、ルリちゃんたちみたいに放課後みんなでわいわい楽しむようなことはない、……かも。

安哉くんが束ねる桜通連合は、時代錯誤な言葉を使えば〝暴走族〟。仲間と走りに行ったり、縄張り争いの喧嘩をしたり……というのももちろんあるけれど。

今ではそれも伝統を保つための形式的なものになってしまっている。というのも、最近は〝上〟から命じられる仕事の量がハンパじゃなく、もはや会社のようなものになっているから。

トップに安哉くんがいて、その下に幹部たちがいて、さらに各役職の人たちがいて。

みんな、仲間ではあっても友達ではない気がする。

桜家の息子というだけで誰も逆らえないから、怖れられているのも知っている。

ただ与えられた役目をこなすためにそのポジションに就いてる……という印象だ。

「遥世くんたちって、仲がいいよね」

気づけば、ぽつりと零れていた。

「そう見える？」

「うん。こうして放課後集まって、組織の業務？と関係ない時間を過ごすの……いいなあって」

「仲いいってほどでもないよ。みんな親が橘の組の執行役員ってだけ」

遥世くんはそう言いながらようやくうっとうしそうにメガネを外して、前髪をかきあげる。

「まーでも、僕たち家庭の事情で昔から交友関係が激狭だし、一緒にいる時間が長いって考えれば仲がいいとも言えるのかもな」

「十分言えるよ」

「……あ。交友関係激狭って言ったけど、楓くんは例外。あの人は女……いや、人にとにかく節操がない」

「まあ……想像はつくけど」

「寄ってくる男女ぜーいん一切拒まずだよ。博愛の観点からすれば尊敬に値するレベル」

「あはは……」

ルリちゃんもいい加減にしてほしいって言ってたっけ。

でもたしかに、誰も傷つけないという理由では、中途半端に人を選んで遊んでいるより潔くていい気もする……。

なんて思っていたら、本部の前に到着した。

ひとりのときはあんなに足取りが重かったのに、誰かと一緒だとすごく早く感じる。

「楓くんのフェロモンってやばいよな。年齢関係なくみんなのお兄さんだからさ、同級生なのに未だにくん付けで呼んじゃうんだよね、まじでやめたい」

「あ〜わかる、みんなのお兄さんだよね。わたしも思ってた」

「色気で言ったら観月も相当だけど、あいつはそれ以上に人を寄せ付けないオーラがすごいから」

「っ……それも、わかる、よ。初めて会ったとき、石にされるかと思った」

「石？」

と、遥世くんが首を傾げたときだった。

「すごい気持ちよかった〜っ。楓くんまたしよ〜」

そんな声が聞こえたかと思えば、いつも使っている部屋の隣から女の人が出てきた。

そして彼女に続いて、上半身裸の楓くんが出て来るから唖然としてしまう。

「っ！」

思わず声をあげそうになったわたしの腕を遥世くんがぐいっと引っぱって、柱の後ろに誘導する。

聞き間違いじゃなければ『またしよう』って……。

そして彼女を見送る楓くんの気だるげな色気……。

経験なくてもなぜかわかってしまう。

あのふたり、さっきまで隣の部屋で……。

しばし、その場に硬直した。

鼓動が急激に加速し始める。

いや……落ち着いて。

と言い聞かせた矢先に。

一度背を向けたはずの彼女が振り返って、楓くんの首に腕を回して。

「やっぱりまだ帰りたくないなあ」

そう言いながら、楓くんにキス。

しだいに深くなるそれに、血液が脳天までぐわぐわと上昇していく。

こういうときこそ冷静にって言うけど、無理じゃない……⁉

こんな場面に出くわしたら、さすがの遥世くんだって……。

おそるおそる隣を見上げる……も。

――無。

……えっ⁉

改めて見ても……無、だ。

すごい、どうしてこんなに落ち着いていられるの。

わたしなんか……もう、倒れそう、だよ。

「楓くんのやつ……また連れ込みやがって」

「ま、また……？」

「はー……。やり部屋にすんなってあれほど言ったのに」

「…………」

「……あ、ごめん。サイアクな言葉使った」

「い、いえっ……おかまいなく……」

再度ため息を落とした遥世くん。

この状況じゃ下手に動けないし、小声でしか話せないし。

気まずさに押し潰されそう。

「もうちょっと待ってたら終わると思うから」

「あっ、……うん」

「……いや、やっぱ終わらせる」

「えっ！」

遥世くんがすくっと立ち上がるので、まさか乗り込む気じゃ……と焦ったけれど。

真横の壁を、ドン、と一蹴り。

うわあ～、容赦ない！

キスはぴたりと止んで。

女の人は慌てたように背を向けて去っていった。

ふう……と、遥世くんと同じタイミングで安堵の吐息が漏れる。

「まじでごめん。せっかく来てもらったのに、あんなことになってて」

「いやいや、とんでもないです。べつに遥世くんは悪くないし……。なんか、冷静に対処しててすごいね……？」

焦るとヘンに饒舌になる癖、早く直したい。

今、絶対余計なこと言った。

「まあ慣れてるんで」

「……なるほど」

「一応言っとくけど僕がって意味じゃないからな、楓くんのハナシだから」

「う、うん、わかってるよ！」

「基本、関係者以外立ち入り禁止なのに、観月がいないとすーぐ女連れ込むんだよ楓くん」

「それは……由々しき問題だね……」

「だろ？」

「…………」

「…………」

再び沈黙が訪れる。

女の人はいなくなったのに、どうしてかずっと気まずい。

「……今井、顔が赤すぎる」

「っ、しょうがないの、これぱっかりは……っ。逆に遥世くんがすごいんだよ、なんでそんな冷静でいられるの？」

「冷静に見えたならよかったけど。実際やばかったよ。もう一歩ここにつくのが早かったら、最中のあの女の声に当てられて、今井のことどうにかしてたかも」

「……、え……」

「僕の理性がちゃんと働いてよかったね」

見つめられる。

遥世くんの瞳は少し色素が薄くて、透き通って見えた。

「ていうか今井、いつから僕のこと下の名前で呼ぶようになったの」

「……っ、え、下の……名前？」

うまく回らない頭でしばらく考えて、ハッとした。

そうだ。

わたし、初めは佐藤くんって呼んでいたはず。

「ごめん！　心の中ではずっと遥世くんって呼んでたから、つい……！」

「へえ、無意識だったんだ。……どうかなりそうなくらい可愛い」

「っ⁉　え……」

さっきから「え？」しか発声してない気がする。

失われた語彙《ごい》を取り戻そうとがんばるけれど、どこまでいっても「え？」しか出てこない。

遥世くんって、こんなこと言うキャラだっけ……。

からかわれただけ……だよね。

でも、格好は派手だけどチャラそうには見えないし……。

なんて、考えていたとき。

「誰かの気配がするとは思ってたけど、やっぱりふたりだったんだ」

柱からぬっと顔を覗かせたのは楓くん。

上半身、ハダ……――。

「やっぱりふたりだったんだ〜、じゃねえよ。さっさと服着ろ！　そのフェロモン撒き散らすのはまじでコーゼンワイセツ」

つかつかと遥世くんが歩み寄って行く。

なんだかさっきまでより治安が悪い。

「ごめんごめん。最近集まりなかったし、遥世くんたちが来るとは思わなかったんだよね～。あ、あゆちゃん久しぶり～」

とろけるほど甘い笑顔。

さらっと揺れる淡いブルーの髪。

今日も美しさは健在……。

「楓くん、お久しぶり……」

「あゆちゃん今日はほっぺたがほんのりピンク色だね。ふふ、可愛い～」

「う……うぅ」

誰のせいだと……。

「ところで、うちの妹はまた補習かな？」

「あ、うん。そうみたい」

「やれやれ。ホントいい加減にしてほしいよね～」

ふう、と落とすため息すら色気を感じる。

ていうか。

ルリちゃんと楓くん、お互いにいい加減にしてほしいって言ってるのちょっとおもしろいし微笑ましいな……。

「とりあえず女の子は帰したし、あゆちゃんたちは部屋入ってくつろいでてよ」

そう言われるので、のそのそといつもの部屋へ移動した。

「僕、紅茶入れてくる」

そう言って、遥世くんはキッチンのほうへ。

「わたし、なにか手伝おうか？」

「平気。楓くんとそっちで待ってて」

「わかった。ありがとう」

しばらくするとダージリンのいい香りがしてきた。

わたしの隣で、楓くんがのんびりとシャツのボタンを留めている。

「楓くん制服なんだね。学校には来てたの？」

「んーん。昼から行こうとしてたんだけど、通学路でお姉さんに声かけられたからそのままここに来たって感じだよ～」

「あはは……なるほどお。相変わらずモテモテだね」

「あ。あゆちゃんは警戒しなくても大丈夫だよ。オレね、ルリの友達にだけは絶対に手を出さないって決めてるんだ」

ボタンを留め終えて、にこっと笑顔を向けられた。

いつものフェロモン全開の笑顔じゃなくて、どこか慈《いつく》しむような優しさが溢れているように見えた。

「最初に会ったときはまだルリとそんなに仲良いって感じじゃなかったから口説いちゃったけど、今はもう、あゆちゃんはルリの一番好きな子だからね」

「ルリちゃんのこと、すごく大事にしてるんだね」

「そー。楓くんて実はやばいほどシスコンだから」

会話に割り込んできたのは遥世くん。

対する楓くんはくすくす笑う。

「そうだね。ルリがあゆちゃんを大好きだから、オレもあゆちゃんのことが大好きだし、同じくらい大事に思ってるよ」

「ええ、ありがとう……」

そんな風に思ってくれているなんて知らなかった。

再び頬に赤みが差すのを感じる。

「楓くんさ、人の好き嫌いが自分軸じゃなくて妹軸なのだいぶおかしいから気づいたほうがいーよ」

遥世くんはそう毒吐きながら紅茶を出してくれた。

「妹の好きなものは好きでありたいし、嫌いなものは嫌いでありたいんだよね～。そういう意味ではバリバリ自分軸だよ～」

言っていることはたしかに若干重いような気もするけれど……。

紅茶をすする姿が絵画のように優美なので、とりあえずヨシとする。

「ルリのことはさておき、観月がいない間に女連れ込むのだけはやめてね」

「え～。ここが一番人目に付きにくくていいんだけどなあ」

「物知りな僕が教えてやる。いいか楓くん、世の中にはホテルというものがあってですね」

「はいはいごめんて～。でも、観月くんだってオレたちがいない間ここで女の子抱いてるかもよ」

――バクン！と心臓が跳ねた。

危うくティーカップを落としそうになる。

楓くんの微笑みが急に意味深に感じた。

「ない。観月に限って」

遥世くんが即座に否定した。

「そうかなあ?」

「あいつは酸いも甘いもとっくに噛み分けてる。今さら金にも女にも興味ないよ」

「あは、たしかに~」

あっさり納得した楓くんにホッとする裏で、別の不安もせりあがってくる。

観月くんと長年一緒にいる人がこう言うんだから、やはり普段から遊んでいるわけではなさそう。

だったら、どうしてわたしにあんなこと……。

その直後。

ポケットの中でスマホが一度だけ振動した。

安哉くんからのメッセージ通知だ。

嘘……。

最近安哉くんからの命令はめっきり減ってたのに。

このタイミングで？

通話じゃなかったのが幸い。

こっそり通知を開いて——息をのむ。

【父さんから呼び出しがあった。大事な話があるらしい】

【今すぐ家帰ってきて】

「……っ」

お父さんからの呼び出し。

つまり仕事の話……。

「今井、どうした」

向かいに座る遥世くんが顔を覗き込んでくる。

「ご……ごめん、家族から連絡きて、今すぐ帰ってこいって」

「まじか。じゃあしょうがないな」

「ルリちゃんにも、ごめんって伝えておいてもらえるかな……」

「妹のことは気にしないで。気をつけて帰ってね」

「ありがとう……」

急いで紅茶を飲み干して、ごちそうさまでした、と手を合わせる。

「じゃあ、失礼します。またね」

わたしは駆け足でビルをあとにした。

罪か、罰か

息が切れて、スピードを緩めた。
お父さんの話っていったいなんだろう……。
今までいい話だった試しは一度もない。
この前の任務のことかな。
観月くんとの進展を聞かれたら、なんて答えればいいの……？
だけど、安哉くんと一緒に呼び出されたってことは、また別の話……？
嫌、だな……。
聞きたくない……。
徐々に足取りが重たくなっていく。
さっき紅茶を飲んだばかりなのに、もう喉はカラカラだった。

一度足を止める。

水でも買って、いったん気持ちを落ち着かせよう……。

乱れた息と、ついでに前髪を整えてから、近くのコンビニに入った。

その直後だった。

「うわあああ！」

そんな叫び声とともに、中にいたお客さんが勢いよくぶつかってきた。

その人が持っていたアイスコーヒーの中身が、バシャ……っとわたしの制服にかかる。

「っ、冷たい……」

いけない。

考え込んでいたせいで避けきれなかった。

というか、いったい何事……っ⁉

顔をあげたときだった。

「やばい殺される！」

「強盗だ！　誰か通報して‼」

そんな叫びとともに、中にいた人がみんな勢いよく外へ飛び出していく。

ゴートー……強盗⁉

急いでレジ近くに目を向けると、マスクを被った男がナイフのようなものを振り回していた。

刃渡り十五センチ以上はありそうだ。

大きめのナイフを選んだのは、おそらく、見かけで恐怖を与えるため。

武器としてのナイフの扱いにはあまり慣れてないみたいだけど……。

ハッタリだとも言い切れない。

「殺されたくなかったら有り金全部用意しろ‼」

店員さんの顔が真っ青に染まっている。

「なに突っ立ってるの！　あなたも早く逃げなさい！」

そばにいたお姉さんに声をかけられた。

たしかに……逃げたほうがいいかもしれない。

でも、店員さんはもうバッグにお金を詰め始めている。

誰かが通報していたとしても、警察が来るのを待っていたら絶対に間に合わない。

どう、しよう……。
ナイフを向けられたときの防衛方法は身につけているつもりだけど、実践経験はゼロ。
唇を噛んだまま、時間だけが過ぎていく。
「おら、そこの女どけ!!」
お金をすべて詰め終えたらしく、ついに、強盗がこちらに向かって走ってきた。
勢いに押されて、つい道を空けてしまう。
だけど、男がコンビニの扉を出た直後、わたしはとっさに地面を蹴った。
この距離ならまだ追いつける……っ。
十メートル、五メートル、三メートル……。
相手の腕を掴み、ぐいっとこちら側に引き寄せた。
抵抗する隙をついて足を払い、そのまま勢いよく地面に押しつける。
「ぐ、……は……っ……」
取り押さえたはいいけれど、片腕を拘束しきれなかった。
よりによって、ナイフを持っているほう。

しまった。
これを奪うことが先決だった……っ。
「テメエ……！　ガキが！」
その刹那、おもむろに振り回されたナイフの刃先がわたしの胸元をかすめて。
恐怖のあまり、思わず退いてしまう。
そのまま逃走するかと思ったのに、相手は逆上した目でわたしを睨みつけてきた。
わたしはまだ、地面に屈み込んだ体勢のまま。
――あ、これ……やばい。
妙に冷静な頭でそう思った。
相手がナイフを振りかざす一連の動作が、やけにスローモーションで目の前を流れた。
――その直後。
犯人の体が、何者かによって蹴り飛ばされた。
一瞬のことで、すぐには状況が理解できず。
何度か瞬きをして、強盗が飛んでいったほうへ視線をスライドさせた。

見るとそこには——観月くんがいた。

倒れた男の体を足で乱暴に蹴りつけている。

まるでいたぶるのを楽しんでいる獣のように見え、ゾクリと背筋が冷えた。

瞳孔《どうこう》の開ききったその冷たい目が、ふと、わたしを捉える。

「お前……命知らずもほどほどにしろ」

観月くんはそう言いながら、振りあげた脚を気だるそうに振り下ろし、最後、男に重い一撃を食らわせた。

相手は気絶したのか、ピクリとも動かなくなる。

座り込んだままのわたしの元へ、観月くんがゆっくり歩み寄ってきた。

「……観月くん、どうしてここに……？」

「それはこっちのセリフだな。行くとこ行くとこにお前がいるから毎回びっくりする」

「…………」

「それより早くここから離れたほうがいい。サツがきて事情聴取求められたら面倒くさい」

「……え……でも、」

目撃者として情報は提供すべきだよ。

と、言いかけてやめた。

観月くんは極道一家・橘家のご令息。

そしてわたしもまた、極道一家・桜家の直系の血を引く娘。

こういった事件に足跡を残すのは、たとえ第三者であったとしても得策ではない。

わかった、とうなずいて立ち上がろうとした。

……ものの、なぜか力が入らない。

ナイフを向けられた恐怖で筋肉が萎縮しちゃったんだ……。

情けない……。

すると、ふと目の前に影がかかった。

甘いムスクの匂い。

観月くんが屈み込んで、目線を合わせてくる。

「俺たち、どうしてこんなしょっちゅう会うんだろうな」

熱のこもらない声がすぐ近くで響いた。

「仕組まれてる可能性すら感じる」

「っ、……」

見つめてくる瞳は相変わらず静かで。

だけど……なにか……どこか、様子がおかしい。

観月くんが、ゆっくりとわたしの肩を抱いた。

そして次の瞬間。

「強盗相手に立ち向かうとか……さすが、桜安哉の妹」

──わたしの世界は、真っ暗になった。

ひどくも優しくもない力で引きあげられ、わたしはなんとか地面に立った。

なにも言葉が出てこない。

この状況にふさわしい言葉なんて、なにひとつない気がする。

観月くんがわたしの手をとって、路地裏に誘導する。

わたしはその手に引かれるまま、足を前に出すことしかできない。

バレていた。

わたしが安哉くんの妹だってこと。

逃げ出したいけれど、そんな気力もない。

緩い力で繋がれた手。

振りほどこうと思えば簡単に振りほどけそう。

簡単に振りほどけそうなのに、ちっとも離れられる気がしない。

まるで見えない手錠をかけられているみたいだった。

どこに向かっているんだろう。

わたしは今から、この人にどんな罰を与えられるんだろう……。

現実味のない……現実。

「いつから、気づいてたの……？」

「確信したのは今日の昼間。桜通り周辺を探らせていた奴からの報告と、今までのお前の言動を照らし合わせてわかった」

探られていたんだ……。

気づかなかった。

「けど、お前のことは初めから少なからず疑ってたよ」

「っ、そう、なんだ……。だから初めて会った日、『もう来るな』って言ったんだね」

「わたし、なんか怪しまれるようなこと言っちゃってた……かな」

「挙げればきりないけど、簡単に言えば、〝こっち側〟の環境に慣れすぎてんのが違和感だったな」

「……慣れすぎてる……？」

すぐには意味がわからなかった。

「お前、組織の話をしても基本『そうなんだ』って感じの反応だったし。一般人ならもっと興味もったり怖がったりする」

「……、そっか。わたしも、まだまだだね……」

「あと。普通の女子高生は、生死を確かめるために真っ先に頸動脈に手を当てたりしない」

そう言いながら、小さく笑う気配がした。

どう考えても今は笑うような状況じゃない。

きっとバカにされたんだと思う。

とはいえ、失態だった……。

ていうかあのとき、わたしが意識を確かめてるって気づいてたんだ……恥ずかしい。

恥ずかしいし、それ以上に悲しい。

好きな人に知られてしまった。

出会ったのは偶然なのに。

お父さんからの命令がくだる前だったのに。

「わたしのことを見張ってた人って……誰なの？」

「別にお前を見張らせてたわけじゃない。証拠として繋がったのは偶然だった」

「偶然？」

「間交差点での事故の日。お前が乗ったタクシーの運転手……誰かに似てると思わなかったか」

「……っ、――」

心臓が冷たい音を立てた。

記憶がフラッシュバックする。

あの日は安哉くんのことで頭がいっぱいで、運転手さんに誰かの面影を感じながらも、深く追及することはなかった。

だけど……。

あの声、淡々とした話し方、色素の薄い茶色の瞳……。

「遥世、くん……」

「そう。あいつの兄貴だよ」

そっか。

そうだったんだ……。

驚く元気は残っていない。

ただ無気力に現実を受け止める。

観月くんはきっと、わたしが橘の情報を得るために近づいたと思っている。

せめてそれだけは否定したいのに、信じてもらえる証拠を、なにひとつ持っていない。

アスファルトに、ぽたりと涙が落っこちた。

どうしてわたしは桜家の娘なんだろう。

どうして好きになったのが、観月くんなんだろう。

わたしが桜家の娘じゃなかったらよかったのに。

観月くんが橘家の息子じゃなかったらよかったのに。

どちらかが、違うだけで、よかったのに。

涙が視界を白く濁《にご》していく。

好きという気持ちに鍵をかけたはずなのに、閉じ込めても閉じ込めても溢れていってしまう。

少し前を歩く観月くんに気づかれないように、声を殺して泣いた。


気づいたときには、ホテルのロビーにいた。

「観月さん、お疲れ様です。その方はいったい……」

ロビーのスタッフさんが、観月くんに声をかける。

「今夜空いてる部屋を調べろ」

「はっ。少々お待ちください」

フロント上に記された文字を見て驚いた。

ここは巷で有名な高級ホテルだ。

どうしてこんなところに連れて来られたのかさっぱりわからず。

驚きのあまり涙も止まってしまった。

ロビーにいる人たちが、珍しいものを見るような目でじろじろとわたしを見ている。

……それもそのはず。

このホテルに泊まることができるのは、富裕層の中でもさらにトップクラスのお金持ちだけ。

パーティドレスなどの華やかな装いの女性たちが集う中で、制服姿のわたしは明らかに浮いている。

しかも、すっかり忘れていたけれど、その制服はコンビニでぶちまけられたアイスコーヒーと、ナイフで切りつけられたときの血で染まっているのだ。

「お待たせ致しました。週末なのもあり今夜は空きがほとんどなく……最上階のVIPルームでよければご案内できますが、いかがでしょうか」

観月くんとフロントスタッフさんが話している内容も、なにも頭に入ってこない。

やがて観月くんに手を引かれ、びくっと肩があがった。

「ほら、早くこっち来な」

「き、来なって……え？　ここ、高級ホテルで……わたしどう考えても場違いだし、だってこんな格好で……、みんな綺麗なドレスなのに」

「そうだな。でもお前みたいな悪女にはこの汚れたドレスがお似合いだよ」

「っ、……──」

〝悪女〟という二文字がぐさりと胸を刺して。

あっけなく涙が零れた。

観月くんにそう思われていること。

わかっていたつもりだけど、実際に言われると想像以上につらかった。

とっさにうつむいて顔を隠す。

「泣くな。部屋に着いたらすぐに脱がしてやる」

そんな声と同時に、肩にふわりと上着がかけられ。

余計に涙が出た。

蔑《さげす》まれることより、罵られることより、優しさを見せられることのほうが……今はずっと苦しい。

そこは、ホテルの一室とは思えないほど広く豪華な空間だった。

ガラス張りの壁からは外の景色が一望できた。

きらびやかな街の光は幻想的で、さらに現実味を失わせる。

空にはもう月がのぼっている。

嫌味なくらい綺麗な光を放つ満月だった。

それをぼんやり眺めていると、観月くんがそばにきて、わたしにかけた上着を雑に剥ぎとった。

かと思えば、制服のシャツのボタンにまで手をかけ、いっきに胸元まではだけさせた。

「っ、え……？」

とまどいで上擦った声が漏れる。

「そこまで深くはないか……でもまだ血が出てるな」

その周辺を指先で優しくなぞられて、ようやく、ナイフで切りつけられた傷のことを言っているのだとわかった。

「か、かすった……だけだから」

「とりあえず脱げよ。制服は洗濯に回す」

「え……でも、」

「どうせその格好じゃここから帰れないだろ」

「…………」

「まあ……帰す気ないけど」

そんな声と同時、さらに下のボタンまで外されてしまった。

羞恥ととまどいで目眩がする。

「……観月くん……あの、」

「男を騙しておいて、まさかただで帰してもらえるとでも思ったか？」

刹那、野性的な瞳にのみ込まれた。

わかってる。

橘家の息子に手を出したんだ。

正体がバレたからには、相応の罰を受ける覚悟はある。

たとえ好きだと伝えたところで、信じてもらえない。
わたしは桜家の娘で、観月くんは橘家の息子だから。
どうせ叶わない恋なら、このまま、嫌われたほうがいい。
観月くんがわたしを〝悪女〟と呼ぶなら。
最後までその役を演じてみせる――。

＊＊＊

「……んっ……は、ぁっ」
浴室に荒い息遣いが響く。
激しいキスに、少しでも気を抜けば足元から崩れ落ちてしまいそうだった。
わたしを憎んでいるはずなのに。
これは制裁のはずなのに。
どうしてキスなんか……。
そんな疑問もすぐに熱で打ち消されていく。

上から流れるシャワーがわたしたちを濡らしていく。

体を隠すために巻いていたバスタオルは半分以上ずれ落ちて、もう意味をなしていない。

お湯が傷口に染みて思わず身をよじると、観月くんはそこに優しく唇を落とした。

「やぁ……っ」

「……この程度の傷で済んでよかった」

なにか言われた気がするけれど、シャワーの音にかき消されて聞きとれなかった。

好きな人の前で肌を晒して、触れられて。

……とんだ拷問だ。

それなのに、その唇も指先もどこか優しくてとまどう。

「あゆあ……もっかい」

「ん、んぅ……っ」

再び唇が奪われた。

名前……呼ばないで。

キスなんかしないで。

優しく触れないで。

ちゃんと嫌いになれるように、傷つけて……。

浴室の熱気に当てられて、ついにがくんと力が抜けたわたしの体を、観月くんが抱えあげた。

一時の浮遊感ののち、広いベッドに下ろされる。

光を闇を同時にまとう瞳がわたしを見おろしてくる。

その中にとっくの昔に囚われているわたしは、決して自ら視線を逸らすことができない。

やがて目の前に影が落ちた。

唇、首筋、肩、胸元……。

キスが順番に施されていく。

それと同時に、指先がわたしの弱い部分を探るように動くから。

びくっと肌が反応するのを止められない。

「へえ。ココ、もうこんなになってたんだ」

「っ、～っあ……、違……、さっきシャワー浴びたから……っ」

「シャワーのせいだけじゃないだろ」

「ひぁっ……や、っ、あぁ、ん！」

堪えきれない声に、羞恥で涙が滲む。

「声、甘……。可愛い」

「ぁ……だめ、んんっ……、」

なだめるように優しいキス。

どうして？

体と一緒に思考までぐちゃぐちゃにされる。

嫌いにさせてほしいのに。

「やっ……も、やんないで……っ」

これ以上好きになるのは……。

「もうやだ、こわい……、っ、」

「やめるわけないだろ。お前なんか……」

ひどくしてほしい。

……嘘。

本当は、大事に大事に愛されたい。

「お前なんか、もう桜の家に帰れなくなるぐらい、傷つけばいいのに……――」

絶えず鳴り響く電話の音にも気づかず、わたしはただひたすら観月くんの熱に溺れていた。

窓から差し込む月明かりが、わたしたちを優しく照らしている。

世界でふたりきりみたいだった。

観月くんの腕の中で意識が落ちる寸前、

「……月が、綺麗だね」

そんなことを零してしまったような気がする。

「そうだな。もしお前が死んだら、あとを追ってもいいと思えるくらいには」

＊　＊　＊

目が覚めたとき、観月くんの姿はなかった。

代わりに、ベッドには綺麗になったわたしの制服と。

その横にレースのワンピース、それから上品なデザインのミュールが無造作に置かれていた。

「すごい、高そうな服……」

きっと、わたしがホテルを出るときに恥ずかしくないように用意してくれたんだ。

制服も、いつの間にランドリーサービスに出してくれたんだろう……。

そのときは起きたばかりで頭も回らず。

甘い気だるさに支配されながら、まだ夢見心地だった。

だけど、枕元のスマホが目に入った瞬間、意識がはっと覚醒する。

【父さんから呼び出しがあった。大事な話があるらしい】

【今すぐ家に帰ってきて】

安哉くんからのメッセージが頭をよぎり、スマホを手に取る。

不在着信が……十件……二十件……いや、それ以上。

「……っ！」

急いで折り返しをタップする。ワンコール目が鳴り終わる前に、安哉くんが出た。

『お前なにしてたんだよ!!』

一発目から罵声を浴びせられる。

「ご、めん……ちょっと、色々あって」

『はあ⁉　……いや、まあいい、とにかく無事なんだな、心配させんなよ……』

「うん、本当にごめん……！　それで、お父さんの話って――」

おそるおそる尋ねる。

『詳しく説明してる暇ねえんだよ、とにかく早く帰ってこい』

「っ、わかった。そっちに向かいながら話を聞くから教えて」

返事が来るまで、やけに間があった。

『この前、間交差点で事故があっただろ――』

そこで、不意に声が途切れた。

いや、安哉くんの声が途切れたんじゃない。わたしのスマホの充電が切れたんだ。

この前の間交差点の事故……——。

ふと、嫌な予感がした。

人目なんか気にしている場合じゃない。

急いで制服に腕を通して、わたしはホテルをあとにした。

＊　＊　＊

駅に向かって走る途中で、タクシーから追い越し際にクラクションを鳴らされた。

かと思えば、そのタクシーがわたしの前で停車し、思わず足を止める。

「今井あゆあチャンだよね？　乗って」

その顔を見て、息をのんだ。

間交差点の事故の日、わたしを乗せてくれた運転手さん——もとい、遥世くんのお兄さん。

思わず後ずさってしまった。

わたしが安哉くんの妹だと確信したのは、この人の報告がきっかけだったと観月くんが言っていた。

つまり、この人も、わたしが桜家の娘だって知っていることになる。

「大丈夫。僕はきみの敵でも味方でもない。観月くんには〝個人的に〟雇われていただけだからね」

わたしの思考を読んだような返事に、一瞬とまどった。

でも、遥世くんに似たまっすぐな瞳は、わたしを騙しているようには見えず。

促されるまま、助手席に乗り込んだ。

車は間もなく発進した。

「あの……個人的に雇われていたってどういうことですか？」

「そのままの意味だよ。僕はとうの昔に佐藤家を勘当されてる身でね。今は個人でタクシー事業と、それから裏では情報屋をやってるんだ」

「そうだったんですか……」

「そう。橘家に仕えているわけではないから、あゆあチャンが桜家の娘さんだったとしても、僕にはなんの関係もないんだよ」

そのまま話を聞けば、今朝、観月くんから、わたしをホテルから家まで送ってほしいという個人的な依頼があったらしい。

わたしが桜家の娘だと知っているのに、どうしてそこまでしてくれるのか。

昨日からわからないことばかり。

だけど、遥世くんのお兄さんのことはひとまず信用できそう……。

佐藤さんには、桜通りの繁華街入り口で車を停めてもらった。

「ありがとうございました。お代は……」

「いらないよ。さっきも言ったけど、僕は観月くんに頼まれたから」

「でも、間交差点まで乗せてもらったときも払ってないのに……」

「うーん、そうだな。そしたら、遥世のことをちょくちょく気にかけてくれると嬉しいな」

「え……？」

佐藤さんはそう言いながら制帽を脱いだ。

遥世くんに似たブラウンの瞳がわたしを捉える。

「家を勘当されてからというもの、弟には一度も会ってないんだ。会っちゃいけない約束でね。あの子が元気にしているか、時々様子を知らせてくれると嬉しいんだけど」

そんなセリフと一緒に、名刺が差し出された。そこには携帯の電話番号も記されている。

「いいかな、あゆあちゃん」

「もちろんです。遥世くんにはいつもお世話になってるから、力になれるならなんでもします！……桜家の娘で、いいなら、ですけど」

「関係ないよ。僕は桜家のお嬢さんじゃなくて、遥世の友達に頼んでるんだから」

優しい微笑みとともに送り出された。

佐藤さんのタクシーを見送りながら、少しだけ泣きそうになった。

＊＊＊

家に帰りつくと、ちょうど玄関からお父さんが出てくるところだった。

「お前……昨日どこでなにしてたんだよ」

「ごめんなさい！　それで、話っていったい……」

「もういい。安哉ひとりにやらせた。役立たずが」

失望の目を向けられて、胸が痛む。

「ごめんなさい……」

「謝ってる暇あるなら、今から第一倉庫に行け。橘の役員の娘……――たしかルリって名前の女を攫《さら》ってきてそこに監禁してんだ」

「――……え？」

心臓が嫌な音を立てた。

今、なんて……。

「橘側がうちの要求をのめばその女を解放することになってるが、万が一、連合の奴らが倉庫の場所をつきとめた場合、問答無用で乗り込んでくる可能性も十分ある。そのときお前がいれば、だいぶ戦力になるから――』

お父さんが説明していることも、すべて右から左へ抜けていく。

どうか間違いであってほしい。

「攫ったって……どうして？　橘とは、長らく冷戦状態が続いてたはずじゃ……」

掠れた声が出た。

「この前、間交差点で事故があったの知ってるか」

「っ、うん……」

「あのとき巻き込まれた車の一台に、うちの役員が乗ってたんだよ。しかもあの事故の主犯が橘家の関係者って情報が入ってきた。となりゃあ当然、落とし前をつけてもらう必要があるだろ、なあ?」

間交差点の事故に橘が絡んでいるのは知ってる。でも……。

「待って、あの事故って、バイクの男性が橘の元構成員で、橘はその人を追ってたって聞いたよ。うちの組織を狙ったわけじゃないんじゃ……」

「はあ? なんでお前が事故の詳細知ってんだよ」

「……っ!」

途端に凍り付いた。

「……っ。それは……、お、お父さんが『橘観月と寝ろ』って言ったから……それで、橘観月に近づいて、色々調べたの」

なんとか言い訳を作ると、お父さんは、ほう、と感心した目を向けた。

「やるな。これからもがんばれよ」

最後にわたしの頭に手を置いてから、お父さんは出て行った。

背中には冷たい汗が伝っていた。

わたしが生まれてからというもの、両家はずっと冷戦状態が続いていたのに。

よりにもよって、こんなタイミングで抗争が勃発しようとしてるなんて……。

どうしたらいいんだろう。

ルリちゃん……──。

急いで自分の部屋に戻って、スマホを充電器に差した。

電源が入ったのを確認してすぐ、まずは安哉くんに電話をかける。

「安哉くん、知ってたの？　橘の役員の娘が攫われたって」

『知ってるもなにも、オレがひとりでやったんだよ。お前が昨日来なかったから』

絶句する。

昨日、電話に出ていれば防げたかもしれないのに……っ。

「お父さんは落とし前って言ってたけど、なんでそんなことするの⁉　意味わかんないよ！　間交差点の事故にウチの役員が巻き込まれたのは偶然なのに……！」

『ああ、うちの役員は偶然巻き込まれただけだ。けど、うちの連中はそんなの関係なく報復に出ようとしてる。橘を攻撃するきっかけさえできればなんでもいいんだ』

「安哉くん……女の子、攫うって……悪いことだって思わなかったの……？」

『……なにを今さら。父さんの命令なんだからしょうがないだろ』

手の力が抜けて、スマホを落としそうになる。

「っ、今すぐその子を解放して！」

『はあ？　なに言って……』

「こんなわたしのことを初めて好きって言ってくれた子なの……っ、わたしの大事な友達なの……っ!!」

涙がぼろぼろ零れていく。

安哉くんがなにか言う前に通話を切った。

わたしが説得したところで解放してくれるわけがないのは、わかりきっている。

安哉くんだって、本当は優しいから少なからず負い目を感じているはず。

だけど、桜家の息子として、上の命令には決して逆らうことができないのだ。

身内を説得できないなら、第三者に頼るしかない。
関係のない人を巻き込みたくない。
それでも今は、わたしの力だけではどうにもならない……。
ポケットからさっき受け取った名刺を取り出す。
そして、震える指先で、その番号に電話をかけた。
――彼に〝個人的〟な依頼をするために。

檻か、鎖か

極道一家・橘家、そして桜家。

ふたつは昔から対立関係にあり、血を血で洗う抗争を繰り返していた。

その過去の争いが、今もなお両家の間に張りつめた空気をもたらしている。

……なんて、本当に馬鹿げたハナシだ。

ただお互いを傷つけ合うだけで、その争いの果てに、いったいなにを得たというんだろう。

そう思いながらも、結局わたしたちは変わらない。

組織を支配する権力者たちに決して逆らうことができないから。

――ううん、違う。

逆らおうとさえしないから、だ。

必死に抗えば、なにか変わるかもしれない。

たとえ、今以上に傷つく結果になったとしても……。

＊＊＊

第一倉庫は、外から見る限り静かで、ひと気を一切感じなかった。

……よし。

まだ抗争は始まってない。

大丈夫。きっとうまくいく。

わたしはさっき、遥世くんのお兄さんにふたつの〝個人的な依頼〟をした。

ひとつは、

『わたしがルリちゃんを逃がすから、決して第一倉庫に乗り込まずに、本部で待機してほしい』

そう、観月くんに電話で伝えてくださいと。

もうひとつは、

『ルリちゃんが第一倉庫の裏口から出てきたら、橋通連合の本部に送ってあげてください』

……と。

この計画は、もちろん安哉くんには内緒だ。

わたしがルリちゃんを逃したことがバレれば、どんな折檻《せっかん》が待ち受けているかわからない。

でも、ルリちゃんさえ解放できれば、あとはもうどうなってもいい。

幸い、第一倉庫の建物構造は頭に入っている。

ルリちゃんが監禁されているであろう場所も、だいたいの見当はつく。

ルリちゃんの見張りはおそらくふたり。

多くても三人といったところ。

安哉くんは司令塔だから。見張り役につくことは絶対にないし、そしておそらく、この第一倉庫内にもいない。

ルリちゃんは女の子だから見張り役はきっとみんな油断しているだろうし、その隙をうまく突ければ……。

ぎゅっと拳を握る。

覚悟を決めて倉庫の扉をくぐった。

なるべく気配を殺して歩きながら、空調室横の空き部屋の手前まで移動した。

そこの扉の前には、案の定、ふたりの男性が立っていた。

手前にふたり、……おそらく中にはもうひとり。

わたしは思いきり地面を蹴って、すばやくふたりの背後に回った。

「え？　なんだ今の……」

ごめんなさい！と心の中で謝りながら勢いよく手刀を振り下ろした。

ふたりが同時に倒れたのを確認して、扉を開ける。

見張りがまだいるかもしれないと構えたけれど、中にいたのはルリちゃんだけ。

「ルリちゃん……っ」

「……──え、あゆ先輩……？」

疲弊しきった表情に、ずきっと胸が痛んだ。

「あゆ先輩、なんでここに……あゆ先輩も捕まっちゃったのっ？」

「説明はあと、こっち来て！」

すばやくロープをほどいて、ルリちゃんの腕を引く。

裏口までの廊下を必死に走った。

決して長い距離ではないのに、扉にたどり着くまでが永遠にも思えた。

「ルリちゃん、ここを出たら左にまっすぐ進んで。そこに遥世くんのお兄さんの車が待ってくれてるから」

「え？　でも……」

「あんまり時間がないの、お願い！」

「っ、あゆ先輩も一緒に逃げようよ」

ルリちゃんは、どうしてわたしがここにいるのか、あまりよくわかっていないみたいだった。

「ごめん、できない……。わたしは……」

続きを言うことはできなかった。

ルリちゃんの背中をそっと押して、振り切るように扉を閉める。

「はあっ、……は……あ」

よかった。

ルリちゃんを逃がすこと、できて……。

張り詰めていた緊張の糸が解けて、廊下の壁に寄りかかるようにしてずるずると倒れ込む。

間もなくして、険悪な顔をした男の人たちがわたしの周りを取り囲んだ。

「この女だ、早く捕らえろ！」

乱暴に両脇を抱えられる。

――わたしはあくまで今井あゆあとして育てられ、桜家の娘だということは世間にひた隠しにされていたので、組織の関係者でさえ、わたしと安哉くんが兄妹だと知る人はほとんどいない。

だから、この人たちにとって、わたしは大事な人質を逃した犯人でしかないのだ。

「こいつの制服、橘通りの高校じゃね⁉」

「まじだ！　てことは橘通連合の女か」

「ルリちゃん救うために乗り込んでくるなんて偉いじゃん」

「案外可愛いし、見せしめに輪姦《まわ》してから帰してやろうぜ」

もう抵抗する気力もなかった。

先程までルリちゃんのいた部屋に連れ込まれる。

ああ、終わった。

わたしは今からひどい目に遭わされる。

そして観月くんたちに桜家の娘だとバレた以上、もう彼らと関わることは二度とない。

終わった……けれど、これでよかった。

抗争の最初の火種は摘むことができた。

事故を発端とする因縁はなくならないだろうけれど、これで少しの間は無意味な傷つけ合いはなくなるはず……。

「ほら、おとなしくしとけよ」

制服に手をかけられる。

わたしは黙って目を閉じる。

初めては観月くんにもらってもらえてよかったな……と、鈍い頭で考えながら。

だから。

「――あゆあ」

その声が聞こえたとき、幻聴だと思った。

観月くんのことばかり考えていたせいで、本人の幻聴が聞こえたんだと。

だけど、かすかにムスクの香りがして、はっと目を開いた。

……、うそ、だ。

扉のところに観月くんが立っている。

幻覚……じゃ、ない。

「入り口に見張りがいなかったから入ったらこのザマ……。お前、なに他の男にやられようとしてんの」

昨日と同じ瞳でわたしを見おろしてくる。

「お前ならこの程度の男ども蹴散らせるだろ。それとも、こうやって迫ってくる男なら誰でも喜んで受け入れるような女だったのか」

その声に、心臓がドク、と反応した。

「違う……観月くんだけ……っ」

そう叫んだ瞬間、ようやく自分を取り戻した気がした。

「は？　ミヅキ……？」

「って、まさか橘の……」

周りにいた人たちがざわめき始める。

動揺からかわたしを拘束する力が少しだけ緩んだのがわかり、その腕を勢いよくふりほどいた。

「くそ、この女……！」

すかさず掴みかかってきた相手をかわして、観月くんの胸に勢いよく飛び込んだ。

——そのとき。

「おい、なんの騒ぎだ⁉」

慌ただしい足音ともに安哉くんが部屋に入ってきて。

わたしは観月くんに抱きついた状態で、カチン、と固まった。

「安哉さん！　そいつおそらく橘観月です！　そんでその女が人質を逃しやがった犯人で……！」

安哉くんの目が大きく開いていく。

どう、しよう……。

どうしたら……。

必死に頭を回転させる。

ここでわたしが桜家の娘だとメンバーにバレたら、安哉くんの立場が危うくなってしまう。

裏切り者の妹がいると……。

安哉くんを傷つけるわけにはいかない。

それを回避するルートはひとつだけ。

わたしが〝今井〟あゆあとして、桜通連合の彼らにとっての悪女になること――。

わたしは目の前のネクタイをつかんで、つま先を伸ばした。

そして、観月くんの唇にそっと口づける。

水を打ったように場が静まり返った。

観月くんは状況を理解したのか、わたしの腰を抱くと、丁寧にキスに応えてくれた。

最初から最後まで、すべていつわり……。

離れる寸前、少しだけ涙が出た。

男の人たちがまた襲いかかってくるんじゃないかと思ったけれど、みんな、呆気にとられたようにわたしたちを見つめていた。

あゆ……、と。

安哉くんの唇が、小さく動いたのがわかり。

同時に、観月くんが安哉くんの前に立って、なにかを耳打ちした。

「お前の妹は橘家《ウチ》で預かる。桜が再び抗争を仕掛けてきた場合、妹の命はない。お前の父親にもそう伝えておけ」

いったいなにを言ったのか。

再びわたしに向き直った観月くんを見上げた瞬間、手を引かれた。

部屋を出てみんなの視線から逃れた瞬間、その手に容赦ない力が加わった。

ぐいぐいと乱暴に引っ張られ、前のめりに転げそうになりながらついていった先には、黒塗りの車。

扉が開いたかと思えば、どんっ、と中へ押し込まれた。

「へ？　――んんっ」

そのままなだれ込むようにシートに押し倒されて、わたしはまだ状況が理解できないままその唇を受け入れる。

「……っ、うぅ……」

甘さにくらくらして、つい流されそうになるのを、ぐっと堪えた。

「ま、待って……っ、観月くん、なんでここにいるの……？」

「……佐藤さんからの伝言でお前がここにいるってわかった」

「っ、でも、わたしは本部で待ってて言ったはずで……」

「たった一晩抱かれただけで、罪を償った気になってんじゃねぇよ」

「……え？」

手首を拘束され、手錠をかけられたかのように身動きがとれなくなった。

底の見えない深い瞳に、わたしだけが映っている。

「お前みたいな悪女、簡単に離してやるわけないだろ。憎くて憎くて、一生忘れそうにない」

ゆっくりと距離が顔が近づいた。

その瞳に、落ちて、落ちて。

堕《お》ちた先は――罪の底。

「もう勝手にいなくなるな。離れるのは許さない」

優しいキスに心が激しく狂っていく。

わたしのすべてがこの人のものだとわからせるように、静寂の中で鼓動が鳴り響く。

それは警鐘か。

それとも……——。

知ることは許されず。

ふたりきりの闇の世界で、

「約束しろ——あゆあ」

永遠に解けない呪いをかけられた。

END

番外編　最強総長はいつわりの悪女を溺愛する

「観月さんだけずるいよ！」

橘通連合の本部に、ルリちゃんの叫びが響き渡った。

現在、夜の七時半を少し回ったところ。

室内にはルリちゃんのほかに、楓くん、遥世くん、それから観月くんのお三方がいて、わたし、今井あゆあの〝処分〟について話し合っている最中である。

観月くんがこれまでの経緯をざっと説明し、ついにみんなに桜家の娘であることがバレてしまったのが、およそ一分前。

『今後は今井あゆあを人質として橘家に置き、桜家との均衡を図る』——つまり、桜が橘になにかを仕掛けてきた場合、わたしの命はなくなる——と観月くんがみんなに説明したのがおよそ三十秒前。

そして、観月くんがみんなに『異論はないか』と尋ねて。

わたしは軽い絶望感の中で、その声をぼんやりと聞いていた。

そんなとき、重たい空気をものともせず『観月さんだけずるいよ！』との叫び声があがったことで、ひとたび沈黙が訪れた。

各々の顔に困惑の色が浮かんでいる。

それもそのはず。

桜家と橘家の血を血で洗うようなむごい争いが再び勃発しそうな状況下での真剣な話し合いの場に、ルリちゃんのテンションはどう考えてもそぐわない。

「こら、ルリ」

楓くんが、聞いたこともない低い声でルリちゃんをたしなめた。

「観月くん、妹がごめんね」

「いや、いい。それで、俺のなにがずるいんだ？」

観月くんが抑揚のない声でそう言った。まるで感情が読めない。

すると、不意にルリちゃんがこちらを向く気配がしたので、わたしは慌てて目を逸らす。

自分は裏切者としてここに連れてこられた身。知られてしまった以上、合わせる顔がない……。

「だって、あゆ先輩を橘家に置くって……。それって、観月さんがあゆ先輩と一日中、四六時中、一緒にいるってことですよね？」

「まあ……形式的に言えばそうだな」

「っ、それがずるいって言ったんです。あたしもあゆ先輩と一緒に住みたいし……一緒に寝たいです‼」

至って真剣なその声に……つい顔をあげて、ぽかんとしてしまう。

他のみなさん方も同じ反応だった。

こういう顔……なんていうんだっけ。

そう……たしか、鳩が豆鉄砲を食ったような顔？

あの観月くんでさえ動揺を隠せていない。

え？　えっと……、ルリちゃんて、今までの話ちゃんと聞いてたのかな。

わたしが桜家の娘だってわかってるのかな。

自分を誘拐して監禁した男の妹だって……。

「ルリ。言いたいことはそれだけか」

「……うん、はい」

「心配するな、学校には今までどおり行かせてやる予定だ。その間は遥世と一緒にお前にも監視役を任せる」

それでいいだろ、と圧をかける観月くんに、ルリちゃんはしぶしぶといった様子で小さく頷いた。

かと思えば、「あ、あと……」と付け加えて。

「あゆ先輩に、ひどいことはしないで……」

そんなことを言うから、心臓がぎゅっとなる。

驚きと、嬉しさと、それから……焦り。

話の趣旨が明らかに変わってしまっているし、敵組織の娘を庇《かば》う発言をするなんて、いつ観月くんの逆鱗に触れてもおかしくない。

楓くんと遥世くんは口を挟むことなく、緊張感漂う表情でふたりのやり取りを見ていた。

いや、口を挟まないんじゃなくて挟めないんだろうな……。

バクンバクンと心臓が激しく波打って、背中には冷たい汗が伝い始める。

「それはこの女と桜家《あっち》の態度次第だな。約束はできない」

「っ、約束してくれないと、あたし家に帰りません！　だってあゆ先輩は――」

「ガタガタ言うな。こいつは俺の女だ。俺の好きに使う」

あくまで冷静にそう言い放って、観月くんがわたしの肩を抱いた。

その手にいつもの優しさはなかった。

たったそれだけのことで、わたしはたやすく傷ついてしまう。

お父さんだけじゃなく、観月くんにとってもわたしはただの道具なんだな……。

当たり前だ。

『たった一晩抱かれただけで罪を償った気になってんじゃねえよ』

観月くんはわたしをとても憎んでいるんだから。

「……っ」

危うく泣きそうになったのを、なんとか堪えた。

きっと、色々なことが立て続けに起こったせいで精神が不安定になってるんだ。

精神だけじゃない。すっかり疲弊しきっていて体調だって悪い。頭は重いし、熱っぽさもある。

ルリちゃんが押し黙り、話し合いが再開された。

だけどもう、聞いていられる気力は残っていなかった。

みんなの声がだんだんと遠くなって、次第に視界もぼやけていく。ここで倒れるのはだめだと思いながらも体がいうことを聞かない。

間もなく、意識が途切れた──。

＊＊＊

夢を見ているのかと思ったけれど、わたしの額に触れるこの体温はきっと本物。
まだぼやけているけれど、視界に収まっているのは観月くんだけ。
……えっと……つまり、ふたりきり？
一旦瞳を閉じて頭を働かせる。
そうだ。ここは橘通連合の本部。
わたしは人質として連れてこられて。話し合いの途中で倒れて……。
……ああ、またやってしまった。
よりによってあんなタイミングで倒れるなんて……。
うっすらと血の気が引いていく。

「お前って本当に軟弱だな」
──それは、在りし日の安哉くんと同じセリフだった。

「ごめんなさい……ご迷惑をおかけして……」

上半身を起こそうとすれば「まだ寝てろ」と声がかかる。

だけど、観月くんに見張られているとわかった以上、穏やかに休むことなんてできないのでそのまま起き上がった。

そこで気づく。ここ、いつもの部屋じゃない。

わたしが寝かされていたのはソファじゃなくベッド。観月くんは本を片手に縁《へり》に座ってこちらを見ている。

「あの、ここって……」

「部屋を移動しただけだ。ソファよりはベッドのほうがいいだろ」

「なる、ほど……」

ということは、運んでくれたことになる。

重いとか思われなかったかな……なんて真っ先に考えてしまうあたり、わたしはまだ観月くんへの気持ちを断ち切ることができていないみたいだ。

「えっと、他のみなさんは……？」

「帰した」

「そう、ですか」

するど、不意に観月くんが本を閉じた。

ベッドに手をついたかと思えば、ぐっと顔を寄せてきて。わたしの心臓はいとも簡単に反応する。

「敬語やめろって言っただろ」

「え？　……あ、ごめん。でもわたしは人質の立場だから……――んっ」

刹那、呼吸を封じられた。

忘れようとしていた熱が一瞬にして戻ってくる。

「……観月くん……？」

なんでキスをするのか、さっぱりわからない。

わたしが桜家の娘だとわかった日の夜もそう。

桜通連合の倉庫からわたしを連れ出したときもそう。

わたしを悪女だと蔑み憎んでいるのに、どうして恋人みたいなことをするんだろう。

少し苛立っているようにも見えるけど、わたし、なにか機嫌を損ねることを言ったのかもしれない。

黙らせるためにキスした、とか……。ありえる。

ごちゃごちゃ考えながらも、結局はこの人が好きだからどきどきしてしまう。

気持ちを落ち着かせようと視線を逸らそうとしたのに、観月くんはそれすら許してくれない。

強引に手を引かれた先で、また唇が重なった。

優しくなぞるように触れて、じっくりと熱を伝えてくる。

言ってることとやってること、全然違う。寒暖差で風邪引きそう。

わたしもわたしで、観月くんへの気持ちを断ち切ろうとしながらも甘い体温を受け入れてしまう。もう、色々とダメ。

やがて大きな手が頭の後ろに回された。

「ん……、ぁ」

唇の隙間から割って入ってくる熱が一段と理性を鈍らせる。

こうしていると、あの夜のことがいやでも蘇《よみがえ》ってくる。

『あゆあ……もっかい』

わたしを呼ぶ甘い声、むせかえるほどの熱。

思い出すたびに心がぐちゃぐちゃになる。体も心もとっくに壊れるくらいに乱されて、この人と出会う前のわたしにはもう戻れない。

片想いどころか、憎まれてるのに。

嫌いになれないなんて、あんまりだよ……。

「……やめて」

消え入りそうな声が零れた。

観月くんの唇が、触れる寸前のところでぴたりと止まった。

「……お前、自分の立場わかってんの」

「っ、わかってる……ごめんなさい。でも、今日だけはもう、無理……」

今日はまだ心の整理がついていない。

自分でもわかるくらい心が不安定だから、これ以上のことをされたらこの人の前で泣いてしまうかもしれない。

そんな姿、絶対に見せられない。面倒くさい女だって、思われたくない……。

「明日からは、絶対、なんでもいうこと聞くから……お願い」

「……絶対、ねえ」

「うん、絶対。約束するから……」

明日までにちゃんと覚悟を決めるから。そしたら、道具にでも玩具にでも、なんにでもしていいから……。

「その言葉忘れるなよ」

相変わらず熱のこもらない声と同時に、体が離れていった。

観月くんが背を向けたのを確認して、再びベッドに横になる。ブランケットを頭まで引き上げて、体をぎゅっと丸くして。

現実を拒むように、わたしは固く目を閉じた。

＊＊＊

「──先輩、……あゆせんぱーい……」

聞き覚えのある声がした。

瞼を閉じていても、その薄い膜の向こうから柔らかな日の光が感じられる。

それらに誘われるように、ゆっくりと意識が覚醒していって。

目を覚ましたのは……朝方。

なんだか長い間眠っていたような気がするけど……。これって、いつの朝方？

「……っ！」

なんだか嫌な予感がしてカッと目を見開いた先には、ルリちゃんの姿があった。

「あゆ先輩～っ、おはよう！」

「……、……おは、よう」

「体調大丈夫？　いろいろ大変だったよね。学校行けそう？　無理なら今日はサボってあたしと一緒にのんびりしようよ！　どうかな？」

「………………」

マシンガンのごとく喋りかけられて、一旦思考が停止する。

学校……。

ええと、観月くんに正体がバレたのが金曜日。

ルリちゃんを倉庫から救出したあと、人質として橘通連合の本部に連れていかれたのが土曜日。

『明日からは、絶対、なんでもいうこと聞くから……お願い』

観月くんにそう宣言したのが、土曜日の夜。

それで、今日学校があるということは、月曜日だから……あれ？

どうしよう。日曜日の記憶が存在しない。

「もしかして……、わたし、昨日は丸一日寝てたり……」

「うん、そうみたい。観月さんが言ってたよ」

「な……」

そんな。やらかした……！

明日からなんでもいうことを聞くと言っておきながら、その明日を一日中寝て過ごしてたなんて……！

「あゆ先輩、顔が真っ青！　まだ具合悪い⁉」

「っ、ううん、全然大丈夫！　……ところで、その観月サンは今どちらに……？」

「朝から仕事入ったみたいでどっか行っちゃった。だからあたしが頼まれてここに来たんだよ。まあ、頼まれなくても来たけどね！」

「そうなんだ……あ、ありがとう」

部屋の時計は六時を指している。

「ずいぶんと早い時間に来てくれたんだね」

「まあね！　あゆ先輩が学校に行くなら支度とか手伝おうと思ってさ～。あ、お風呂にも入るでしょ？　お着替えとかタオルとかいろいろ持ってきたよ！」

そう言いながらニコニコと大きなバッグを差し出してくるルリちゃん。その様子は今までとなにも変わらない。

「あの……っ、わたし、桜家の娘なんだよ？」

とりあえず荷物を受け取りながらも、そう言わずにはいられなかった。

「うん、知ってるよ？　一昨日観月さんから聞いたし」

「し……知ってるのになんでそんなに優しくしてくれるの？　ルリちゃん、攫われて怖い目に遭ったのに……全部わたしの家が仕組んだことなのに」

「あゆ先輩のこと好きだからだよ。あゆ先輩の家がどうとか関係ない」

まっすぐな瞳は、とても嘘を吐いているとは思えなかった。だからこそますますわからなくなる。

「でも、みんなに正体隠してたことは事実だし、それに、正直に言うけど、わたしは観月くんに近づいて橘の情報を横流しするようにお父さんに命令されてて……」

「でもあたしのこと助けてくれたじゃん。それがすべてでしょ？」

「……っ」

昨日はなんとか堪えた涙が、あっけなく零れ落ちた。

「先輩泣かないで、大好きだよ。なにがあっても大好き」

ぎゅっと抱きしめられたらもう止まらない。

「わたしだって……ルリちゃんのこと大好きだもん……」

そう言った瞬間、堰を切ったように溢れてきて、嗚咽を漏らしながらみっともなく泣いてしまった。

「これじゃあどっちが先輩かわかんないね〜、よしよし」

「うぅ……ご、めんね」

「大丈夫だよ、気にしないで。お兄ちゃんと遥世くんとも話してたんだけど、結局あゆ先輩はあゆ先輩だよねって笑ってたよ」

「……え？」

「あゆ先輩はひどいことするような人じゃないってみんなわかってる。万が一裏切られてたとしても、あゆ先輩ならいいかな〜って」

「そ、それは優しすぎて逆に心配だけど……ありがとう」

それからしばらくルリちゃんになだめてもらって、わたしはお風呂を借りることにした。

ここには着の身着のままで連れてこられたわけだけど、着替えどころか、スクバや教科書、体操服などすべて新品が揃えられていた。

わたしが人質としてこっちに住む手筈はすでに整えられていたらしい。

恐ろしく仕事が早い。さすが、天下の橘家……。

湯船に浸かりながら思い浮かぶのは、やっぱり観月くんの顔。

『あゆ先輩は酷いことするような人じゃないってみんなわかってる。万が一裏切られてたとしても、あゆ先輩ならいいかな〜って』

楓くんや遥世くんが本当にそう思ってくれていたとしても、それはあくまで個人的な感情にすぎない。

〝組織〟として見れば、わたしは慎重に扱わなければならない危険物。信じているとか裏切られてもいいとか、そんなぬるい考えで接してはいけない。

観月くんはそれをきちんとわきまえている。だからわざわざ、みんなの前でわたしを『人質』だと説明したのだ。

わたしたちは立場が違う。

……つくづく報われない。

「好きな気持ち、早く忘れなきゃ……」

その声は、湯煙に紛れて儚く消えていった。

＊＊＊

「今井、おはよう」

教室につくと、遥世くんが普通に話しかけてくれたので、こちらもできるだけ普通を装って笑顔をつくった。

「遥世くん、おはよう」

だけどやっぱり気まずさが勝ってしまい。そそくさと自分の席につこうとするも、遥世くんに引き止められた。

「待って。朝礼まだ時間あるし、空き教室でちょっと話さないか」

「…………」

正直逃げたい。でも、それ以上に遥世くんのことが大事だから向き合いたい。

静かに頷いて、遥世くんと一緒に教室を出た。


「あのさ、」

「っ、ごめんなさい！　今までみんなを騙してて！」

てっきり責められると思って、遥世くんの言葉を遮ってしまった。そんなわたしを見て、遥世くんはやれやれといったように首を横に振った。

「そうやって今井に謝らせたくなかったから呼び出したんだけどな」

「……え？」

「今井のことだからどうせ無駄に気を遣って勝手に肩身狭い思いしてるんだろ。そういうとこ尊敬するけど、それじゃあこっちも居心地悪いからさ、今までどおり普通に仲良くしてくんないかなって」

まさか遥世くんまでこんなに優しい言葉を掛けてくれるなんて思わなかった。

うれしい……けど。

「でもわたし、人質だし」

「あくまで名目上は、な。これからは今まで以上に一緒にいる時間増えるんだから、お互い気まずいのは嫌だろ」

名目上とか関係なく、人質は人質。

もし桜家が橘家に抗争を仕掛ければ、恐らく本当にわたしの命はない。誰かの命を賭けることでしか均衡を保てないほど険悪な組織仲なのに、今までどおり、なんて。それこそ、あくまで名目上の友達でしかいられないんじゃないのかな……。

なにも言葉を返すことができないわたしを、遥世くんはじっと見つめていた。だけど、やがて思考を読んだかのように、「大丈夫だよ」と呟いた。

そして。

「これは機密情報なんだけど、今日、観月を含む橘の上層部が桜の事務所に出向いてるんだ」

トーンの落ちた声でそう言われ、ドクリと心臓が跳ねる。

出向いてるって、つまり、観月くんとわたしのお父さんが対面するってこと？

「嘘……。どうして、なんのためにっ？　まさかまた抗争が始まるの!?」

「落ち着いて、そうじゃない。そうならないための正式な話し合いの場をつくろう
と観月が双方に持ち掛けたんだ」

「観月、くんが……？」

よく話が読めない。古くから武力で争ってきたのに、今さら話し合い？

そんなことで修繕できる関係ならこんなに苦労していない。それに、うちの組織
が話し合いなんかに応じるとは思えないし……。

そもそも、観月くんが桜家に話し合いを持ち掛けるメリットがない。

「わたしを人質にしたことでしばらくは均衡を保てるはずなのに、どうして……？

わざわざリスクを抱えてまでそんなことする理由がわかんないよ」

「僕だってわかんないよ。観月の考えてることは昔からさっぱり」

「…………」

「けど、今井を傷つけたくないってことなんじゃないの？　人質をとった以上、条
件が破られた瞬間、橘《ウチ》の上層部は容赦なく〝やる〟からね」

たしかな重みのある声に、思わずぞくりとした。

そう。ウチと同様に、橘もそういう組織だ。

「なんか……わたしなんかに情けを掛けさせてしまって申し訳ないな……」

「悪いけどウチの観月様は敵に情けなんか掛ける男じゃないよ」

「え？」

「それなのに動いたってことは相当だな……」

遥世くんは独り言のようにそう言って、はあ、と深いため息を落とした。

それと同時に、朝礼の予鈴が鳴った。

「やばい時間だ。今井、早く教室戻るぞ」

「えっ、でも、話がまだ……」

わたしの声を無視して、遥世くんは先に廊下へ出て行ってしまう。

「はーあ。ライバルに塩送ってどうすんの、僕……」

なにか言ったみたいだけど聞き取れない。

わたしは仕方なく、その背中を追いかけた。

＊　＊　＊

観月くんがウチの組織の上層部と会って、話し合いをしている……と思ったら、一日中気になって授業どころじゃなかった。

悪い方向に傾かないか不安でしょうがない。もし、観月くんが傷つけられるようなことがあったらどうしよう……。

そんな不安を抱えながら迎えた放課後。

いつものように迎えに来てくれた車に乗り込むと、中にはなんと観月くんがいた。

「固まってないで早く乗れ」

そう言われるのでおとなしく従ったけれど。

「あゆ先輩じゃあね～っ、いってらっしゃーい！」

一緒に車を待っていたはずのルリちゃんに手を振られ「えっ⁉」と大きな声をあげてしまう。

動揺しているうちに車のドアが閉まり、まもなく発車した。

小さくなるルリちゃんを、窓に張り付いて呆然と見つめた。

ど、どういうこと？　一緒に乗るんじゃないの……⁉

「観月くん、これどこに向かってるの……？」

「お前はウチで預かるって言っただろ」

「っえ、て、ことは観月くんのお家？」

「本邸じゃないから安心しろ」

聞きたいことは山ほどあるのに、観月くんはそれ以上の追求を拒むように窓の外に視線を移した。

相変わらず、機嫌はよくなさそう。

いや、観月くんはもともとこんな感じだよね。人を寄せ付けない感じのオーラ放ってて……。

だけど、ときどきすごく優しい顔をするし、甘い声で名前を呼んでくるし。

あれ……？　本当の観月くんて、どんな人だっけ……。

考えすぎて、また知恵熱がぶり返しそうになる。

やがて知る人ぞ知る高級住宅街に入ったかと思えば、その一角で車が止まった。

これは……本物のお金持ちが住むとされる低層高級マンションだ。

車を降りようとしないわたしに痺れを切らしたのか、観月くんが手を掴んできた。

「中には誰も入れるな」

ゲート前に立つ門番らしき人にそう伝えるやいなや、わたしをぐいぐいと引っ張っていく。

広すぎるエントランスを抜けて二階にあがれば、そのままベッドに押し倒された。

「え……あ、の……」

急すぎる展開に心臓がバクバクと早鐘を打つ。

少しは抵抗しようと思うのに、夜を映したような深い瞳にのまれると、もうだめだった。

そうだった。この人の瞳は危険だった。

引力に抗えず、落ちてきた唇にあっさり支配を許してしまう。

「んん……、観月くん、だめ」

「〝明日からなんでもいうこと聞く〟。そういう約束だろ」

「そうだけど……」

観月くんの道具にならなれるって覚悟はちゃんと決めた。だからこそ、キスは違うんだもん……。

キスなんかされたら、忘れられなくなって困るんだもん……。

「こういうの……いいから、酷く、して」

「……、へえ、そーいうのが好きなのか。それは知らなかった」

「やっ、違う……そうじゃなくて──んぅ」

遮るように、容赦なく奪われた。

息がうまくできないほど激しいキスに早くもくらくらしてくる。

たしかにひどくしてって言ったけど、そうじゃないよ。キスしないで……って、恋人みたいに勘違いしそうなことしないで、って意味だよ……。

だけど相手は好きな人だから、どうしようもなくドキドキしてしまう。ろくにやり方もわからないのに、求められたら応えたくなってしまう。

キスの甘さはいとも簡単に理性を奪っていく。

一時的にでも幸せを感じられるなら、たとえ気持ちが繋がってなくてもいいんじゃないかと。

好きな人と一緒にいられるなら、このままの関係でもいいじゃないかと。

「……あゆあ」

誘われるように唇を差し出せば、濡れた感触が伝わった。その瞬間、体に甘い刺激が走る。

「は……、っ、ぁ……」

吐息が絡んで、お互いの体温がひとつに溶け合っていくみたいで……〝幸せ〟。

……本当に？

『お前みたいな悪女には、この汚れたドレスがお似合いだよ』

この人にとって、わたしは悪女。

一生忘れられないと言われるほど憎まれているのに。

絶対、叶わない恋なのに。

幸せなんて……訪れるわけないのに。

「……っ、……」

突然こみ上げてきた涙が視界を白く濁した。慌てて手で隠そうとするけれど、観月くんに目敏く掴まれた。

閉じ込めるつもりが、その手に触れるとどうしようもなく心が乱されて。言ってはいけない秘密が零れてしまいそうになる。

「泣くな」

「っ、……無理」

「……、あゆあ」

「無理だよ、……だって観月くんのことが好きだもん……」

精一杯ブレーキをかけたつもりが、間に合わなかった。一度決壊してしまったら、もう止まらなくなる。

「忘れたいのに、キスされたら忘れられなくなっちゃう……っ、嫌いになりたいのに、観月くんがわたしのこと嫌いなのと同じくらい、嫌いになりたいのに……っ」

言い切った瞬間、新しい涙がぽろぽろと溢れた。

観月くんがどんな顔をしているのか見えない。見えなくてよかった。

絶対呆れられた。面倒くさい女だって。今まで以上にわたしのこと嫌いになったらどうしよう……。

「お前がなに言ってるのか、全然わかんねえ」

……ほら、やっぱり。冷たい声でそんなことを言う……。

そう思ったとき。

どうしてか、唇が重なった。

さっきとは全然違う、優しく触れるだけのキス。

びっくりして涙も止まってしまった。

瞬きをすると、視界がクリアになる。

そこには……相変わらず少し不機嫌そうな観月くんがいた。

「お前、俺が好きなの？」

「え？　……う、ん」

「……それ、もうちょっと早く言えよ」

「っ、そんなこと、言えるわけないじゃん……敵、だから」

「言わなきゃわかんないだろ」

「は……え……？」

会話が噛み合ってないような気がするのは気のせいか。

「だって、言ったら……終わるから」

「終わる？　なにが」

「観月くんとの、関係」

「なんでそう思うんだ」

「なんでって……。好きなんて言われても迷惑でしょ、観月くんはわたしのこと嫌いなんだから……」

情けないことに、自分でそう言いながらまた涙が出た。

見ないでほしいのに、観月くんは呆れたような怒ったような、よくわからない顔でわたしを見ている。

おもむろに指先が伸びてきて、びくっと身を引こうとすれば、強い力で抱き寄せられた。

「勝手に終わらせるな。言っただろ、俺から離れるのは許さないって」

記憶を巻き戻す。

たしかに言われた。ルリちゃんを倉庫から逃がしたあと、無理やり連れ込まれた車の中で。

「でも、あのときは、わたしのこと恨んでるって……」

「ああ恨んでるよ。お前が桜の娘だってわかったとき、出会ったことを本気で後悔したくらいにはな」

「……っ」

「でももういい。お前の気持ちがわかったから……もういいよ」

そんな柔らかい声とともに、わたしの背中に観月くんの腕が回る。ぎゅう、と大事なものを包み込むように抱きしめられれば、胸の奥がじわりと熱くなった。

こんなのずるい。

明確な言葉をもらえなくても、観月くんの気持ちが痛いほど伝わってくる。

わたしも精いっぱい抱きしめ返した。

温かな愛に包まれて、このままでも十分に幸せだったのに。

少し体を離して見つめ合えば、

「好きだ」

甘く掠れた声とともに唇が落ちてきて、涙が零れた。

もしかしたら夢かもしれない。次の瞬間には覚めてしまうかもしれない。

そう思うと急に怖くなって、なかば無意識に観月くんのネクタイを掴んで引き寄せた。

「……なんだよそれ。誘ってんの？」

恥ずかしくて「うん」とは言えず。それでも、現実だという証拠がほしいあまり。

「キス……もういっかい」

そう頼めば、くすっと優しく笑われた。

「お前ってほんとに可愛いな」

「……ん……」

触れるだけのキス。それから、角度を変えてもう一回。

それからだんだん深くなって……。

いつのまにかスカートの中に入り込んでいた指先が、太ももをそっとなぞった。

「ひ……ぅ」

慌てて唇を噛んだせいで、ヘンに上ずった声が漏れてしまう。

その恥ずかしさから、つい胸元を押し返した。

「も……っ、これ以上はだめ……！」

「へえ、そう」

観月くんはそう言いながらも妖しい笑みを称えて、さらに奥の部分に触れてくる。

「体は、そうは思ってないみたいだけど」

静かな部屋に微かな水音が響いて、直後、心臓がドッと狂った。

「ほら」

と耳元で意地悪く囁かれて、さっきとは違う意味で涙が滲む。

「や、やだ……、違う」

「あー、そういえば、あゆあはひどくされるのが好きなんだっけ」

「〜っ、やぁ、っ」

どれだけ必死に身をよじっても、観月くんに捕らえられた体はびくともしない。

だからもう今日だけは観念してあげることにした。

「ひどいのはやだ……優しくして」

夜は、甘く更けていく――。

完

あとがき

こんにちは、柊乃なやです。この度は数ある作品の中から本作をお手に取ってくださりありがとうございます。

柊乃なやとして書籍を刊行させていただいてから、早いものでもう三年の月日が経っていました。今作で八冊目（前名義も合わせると十三冊目）の単著となるのですが、こんなにたくさんの作品を執筆できたこと、本当に嬉しく思います。

思えばこの三年間、不良ラブばかり書いていました。そして今回も例に漏れず、です（笑）。しかし毎度新鮮な気持ちで挑んでおりまして、ロミジュリをテーマにした本作は、古くから因縁のある家同士という、いつもとはまた違った切り口でお届けできたんじゃないかなと思います……！

番外編に至ってもなお、なかなか噛み合わない観月とあゆあに焦りながらも、ラストまで書ききることができた今、ほっとしています。

見届けてくださった皆様、ありがとうございました！　さんざんすれ違った分、今後はやりすぎなくらい甘々になる覲月が目に見えます……（笑）。

麗しのカバーイラストを描いてくださった久我山ぼん先生、この度はご担当いただき本当にありがとうございました。ただならぬ色気と気品を纏ったメンズたち、そして〝悪女〟を演じるあゆあの表情……何度見ても恍惚とします……。

刊行にあたり今回もたくさんのお力添えをいただきました。関係各所の皆様に心よりお礼を申し上げます。

そしてなにより作品を通して出会ってくださった読者様。皆様のおかげで大好きな創作を続けることができています。本当にありがとうございます。

またいつか、どこかで見つけていただけたら嬉しいです！

二〇二四年九月二十五日　柊乃なや

著・柊乃なや（しゅうの・なや）

熊本県在住。寒×暖カップルと主従関係が大好き。ケーキは至高の食べ物。現在は小説サイト「野いちご」で執筆活動を続けている。

絵・久我山ぼん（くがやま・ぼん）

岐阜県出身、埼玉県在住。noicomiで『1日10分、俺とハグをしよう』(原作:Ena.)のコミカライズを担当。児童書やケータイ小説などのイラストも手掛ける。

柊乃なや先生へのファンレター宛先

〒104-0031
東京都中央区京橋1-3-1　八重洲口大栄ビル7F
スターツ出版(株)　書籍編集部気付
柊乃なや先生

最強総長はいつわりの悪女を溺愛する

2024年9月25日　初版第1刷発行

著者　柊乃なや　

発行人　菊地修一

イラスト　久我山ぼん

デザイン　カバー　AFTERGLOW

フォーマット　粟村佳苗（ナルティス）

DTP　朝日メディアインターナショナル株式会社

発行所　スターツ出版株式会社
〒104-0031
東京都中央区京橋1-3-1 八重洲口大栄ビル7F
TEL:03-6202-0386(出版マーケティンググループ)
TEL:050-5538-5679(書店様向けご注文専用ダイヤル)
https://starts-pub.jp/

印刷所　株式会社 光邦

Printed in Japan
ISBN 978-4-8137-1638-9 C0193

もっと、刺激的な恋を。

野いちご文庫人気の既刊！

『腹黒幼なじみが溺愛したがりに豹変しました』

菜島《なじま》千里《ちさと》・著

恋にうとい高二の愛理は、イケメン男子・玲音と幼なじみ。実は玲音は愛理に片想いするも、素直になれずにいた。ある日、愛理は偶然出会った超絶美麗な男性・レイに惹かれ、彼が働くコンセプトカフェに通うように。だけど――誰かに似てる…？　玲音に相談すると、独占欲の滲む瞳で囲い込まれ…!?

ISBN978-4-8137-1626-6　定価：715円（本体650円＋税10%）

『かりそめ婚約のはずなのにエリート御曹司にまるごと溺愛されました』

月瀬《つきせ》まは・著

父に頼まれ、双子の妹のフリをしてお見合いをした蘭奈。相手は父親の会社のイケメン御曹司・綾人だったが、妹でないことが即バレしてしまう。しかも綾人は「婚約者のフリをしてくれなければ、身代わりなのをバラす」と持ち掛ける。仮の婚約者を演じるけど、綾人は甘い態度を見せはじめ…!?

ISBN978-4-8137-1625-9　定価：693円（本体630円＋税10%）

『絶対無敵の総長は孤独な彼女を愛し抜く』

時庭《ときにわ》はこ・著

家に居場所がない光莉は、ナンパされたところを由良という男に助けられ、事情を察してくれた彼の家に住むことに。クールだけど面倒見が良い由良に光莉は惹かれ、由良もまた光莉を放っておけずにいた。しかしある日、由良が有名な暴走族をつぶした伝説的な総長だったことが分かって…!?

ISBN978-4-8137-1624-2　定価：693円（本体630円＋税10%）

書店店頭にご希望の本がない場合は、書店にてご注文いただけます。

もっと、刺激的な恋を。

野いちご文庫人気の既刊！

『最強帝王の仁義なき溺愛～危ない男と結婚することになりました～』

美甘《みあま》うさぎ・著

両親を亡くし叔母家族に引き取られるも、長年虐められていた美弥子。ある日、事件に巻き込まれてしまう。絶体絶命のピンチを救ってくれたのは、裏組織“黒須会”のトップ・黒須櫻臣だった。さらに、「俺と結婚してくれ」と契約結婚を申し込まれ…。始まった新婚生活は想像以上に溺甘で…!?

ISBN978-4-8137-1616-7　定価：704円（本体640円＋税10%）

『冷血御曹司の偏愛が溢れて止まらない』

春瀬恋《はるせれん》・著

とある事情で一人暮らしを始めた由瑠。引っ越し先のお隣さんは同じ高校の先輩で、モテるけど超冷徹と噂のイケメン御曹司・藍だった。ある日、由瑠が異性を引き付ける特別体質なのが分かる。藍のことを警戒していた由瑠だけど、由瑠のためと甘く優しく触れてくれる藍には抗えなくて…!?

ISBN978-4-8137-1615-0　定価：693円（本体630円＋税10%）

『孤高の極上男子たちは彼女を甘く溺愛する』

高見未菜《たかみみな》・著

事故から助けてくれたことをきっかけに同級生の伽耶に片想い中の心寧。ある日、伽耶も属する学園の権力者集団“アメール”に突然同居を命じられる。渋々受け入れる心寧だけど、伽耶は心寧を四六時中離さない。しかも心寧は“アメール”のほかのふたりにも気に入られてしまって…!?

ISBN978-4-8137-1599-3　定価：693円（本体630円＋税10%）

『婚約破棄されたらクールな御曹司の予想外な溺愛がはじまりました』

朧月《おぼろづき》あき・著

高三の栞は、学校の恒例イベント直前に彼氏に浮気され、振られてしまう。どん底の栞を救ってくれたのは、ハイスペすぎるイケメン御曹司・青志。冷徹で孤高の存在と噂される青志は、彼女を陥れようとする元カレやその恋人を絶対的な力で排除していく。そんな彼に、栞は心を動かされて…。

ISBN978-4-8137-1598-6　定価：704円（本体640円＋税10%）

書店店頭にご希望の本がない場合は、書店にてご注文いただけます。

もっと、刺激的な恋を。

♥野いちご文庫人気の既刊！♥

『冷酷執事の甘くて危険な溺愛事情【沼すぎる危険な男子シリーズ】』

みゅーな・著**

高1の柚禾は後継ぎを条件に祖父に引き取られ、豪邸に住むことに。そこには、専属執事の埜夜がいた。彼は完璧執事かと思いきや、危険な裏の顔があって…!?　柚禾に近づく輩は容赦なくひねり潰すが、ふたりきりになると極甘に!?「俺以外の男なんて知らなくていい」冷血執事の溺愛は刺激的！

ISBN978-4-8137-1532-0　定価：715円（本体650円＋税10%）

『クズなケモノは愛しすぎ』

吉田《よしだ》マリィ・著

人並みに青春したいのに、幼なじみ・蒼真の世話係をさせられている葵。しかも蒼真は女子なら来るもの拒まずのクズなケモノ!!　蒼真にだけは身も心も許してたまるか！と思っていた葵だけど、ある日、「死ぬほど大切な女がいる」と宣言した蒼真に迫られて!?　強引クズ男子の溺愛が止まらない！

ISBN978-4-8137-1531-3　定価：715円（本体650円＋税10%）

『捨てられ少女は極悪総長に溺愛される【沼すぎる危険な男子シリーズ】』

柊《しゅう》乃《の》なや・著

高2のあやるはある日、学園の権力者集団“BLACK KINGDOM”が指名する“夜の相手役”に選ばれてしまう。誰もが羨む役割を、あやるは拒否。しかし、総長の千広に熱情を孕んだ眼差しで捉えられて…!?　誰もが恐れる絶対的支配者の危険な溺愛が止まらない！

ISBN978-4-8137-1523-8　定価：本体715円（本体650円＋税10%）

『私たち、あと半年で離婚します！』

ユニモン・著

御曹司の同級生・清春と政略結婚することになった高3の陽菜。ずっと清春のことが好きだったのに、彼の態度は冷たく結婚生活はすれ違い。さらに、義母から離婚してほしいと頼まれ…。彼に離婚を告げるとなぜか態度が急変！　半年後に離婚するはずなのに、溢れ出した愛が止まらなくて…。

ISBN978-4-8137-1522-1　定価：本体715円（本体650円＋税10%）

書店店頭にご希望の本がない場合は、書店にてご注文いただけます。

もっと、刺激的な恋を。

野いちご文庫人気の既刊！

『魔王子さま、ご執心！①』

＊あいら＊・著

家族の中で孤立しながら辛い日々を送っていた、心優しく美しい少女の鈴蘭。なぜか特別な能力をもつ魔族のための学園「聖リシェス学園」に入学することになって…。さまざまな能力をもつ、個性あふれる極上のイケメンたちも登場!?　注目作家＊あいら＊の新シリーズがいよいよスタート！

ISBN978-4-8137-1254-1　定価：本体649円（本体590円＋税10%）

『魔王子さま、ご執心！②』

＊あいら＊・著

魔族のための「聖リシェス学園」に通う、心優しい美少女・鈴蘭は、双子の妹と母に虐げられる日々を送っていたが、次期魔王候補の夜明と出会い、婚約することに!?　さらに甘々な同居生活がスタートして…!?　極上イケメンたちも続々登場!!　大人気作家＊あいら＊新シリーズ、注目の第2巻！

ISBN978-4-8137-1281-7　定価：671円（本体610円＋税10%）

『魔王子さま、ご執心！③』

＊あいら＊・著

魔族のための「聖リシェス学園」に通う、心優しい美少女・鈴蘭が、実は女神の生まれ変わりだったことが判明し、魔族界は大騒動。鈴蘭の身にも危険が及ぶが、次期魔王候補の夜明との愛はさらに深まり…。ふたりを取り巻く恋も動き出し!?　大人気作家＊あいら＊新シリーズ、大波乱の第3巻！

ISBN978-4-8137-1310-4　定価：671円（本体610円＋税10%）

『魔王子さま、ご執心！④』

＊あいら＊・著

実は女神の生まれ変わりだった、心優しい美少女・鈴蘭。婚約者の次期魔王候補の夜明は、あらゆる危機から全力で鈴蘭を守り愛し抜くと誓ったが…。元婚約者のルイスによって鈴蘭が妖術にかけられてしまい…!?　大人気作家＊あいら＊の新シリーズ、寵愛ラブストーリーがついに完結！

ISBN978-4-8137-1338-8　定価：671円（本体610円＋税10%）

書店店頭にご希望の本がない場合は、書店にてご注文いただけます。